U0019916

她的
名字
叫STAR

許芳慈◎著　　劉彤渲◎圖

名家推薦

小野（少兒文學名家）：

在極度競爭的環境中，弱勢的孩子在缺乏資源和鼓勵的條件下，如何生存下去？這篇小說寫的好像是弱勢孩子相互扶持奮鬥的故事，其實我讀到的是巨大的悲傷和絕望，除了從自己營造的想像世界得到快樂之外，他們是沒有光明的未來的。鮮明強烈的人物塑造，真實與虛幻交織的情節，娓娓道來的，卻是血淋淋的控訴！

馮季眉（國語日報社社長）：

　　少女星彩，豪爽、開朗、勇敢，從不墨守成規。作者塑造的這個角色，反叛性相當強，然而，這樣的人物在教育體制與社會常規之下，發生衝突甚至悲劇也就難以避免。

　　與現實環境扞格不入的孩子，喜歡遁入想像的世界；他們可以在想像的世界裡過關斬將、活得精采，但是在現實俗世裡，卻挫敗頻仍，甚至夭折。

　　作者透過渾身充滿生命力卻提早殞落的星彩，反映現實制度以及刻板的價值觀，如何阻礙孩子活出自我，值得成人反思。

朱曙明（九歌兒童劇團團長）：

　　故事描寫兩個性別與個性完全不同，卻同為班級邊緣人的同學，硬著頭皮心不甘情不願的被湊在一起寫作，卻意外激盪出天馬行空、創意無窮的奇幻故事。

　　作者筆法細膩流暢，對於角色的描寫清晰具體，彷彿這些人就存在於我們周遭。

　　文中雖觸及對於升學主義、教育模具化的反思與批判，卻不會讓人有艱深難耐的感覺；相反的，在現實與幻境交錯的虛實互補過程中，一步步帶領讀者從開始的衝突與搞笑，進入主題目標；故事結局出人意表，寫作不再只是動筆，生命才是開啟和完成故事的那把關鍵鑰匙。

名家推薦

目　錄

她的名字叫 Star

她擁有，

一整個世界。

1

没有用的王子

我的名字叫王子。

只是童話裡的王子都是高大英挺，騎著白馬，找公主約會，而我這個「王子」卻正好相反。事實上，在班上會被大家叫「王子」，純粹是因為我的本名叫王子仁，卻又沒人叫我「子仁」的緣故。

我是王子，一個擁有小呆瓜頭髮型、黑粗框厚眼鏡的王子。 既不高大也不英挺，否則不會每次都坐在第一橫排的「上課搖滾區」。

我和這個綽號是這麼格格不入：我喜歡看書，但故事中愛看書的多半是老灰仔而不是王子；我體育很差，絕不是那種能抱公主上馬的大帥哥——別被公主抱就謝天謝地了。我是班上永遠的邊緣人物，事實上，連座位都相當邊緣。只要一轉頭，就可以望向窗外操場上體育課的班級，還有對面遙遠的三年級教室。

糟糕的不僅是如此，我的成績也不怎麼理想。這是很詭異的事，儘管我無時無刻都在看書，但在班上

總是吊車尾的那群，只有在國文科偶爾才能坐上車廂。老媽對此是相當心煩的，她三不五時就會打給陳老師——我的導師，也是國文老師。每當這兩個女人進行完深度溝通後，我就得有接受重砲轟擊一小時以上的準備。

同我差不多狀況的事實上不少，星彩就是其一，老實說，當每次為即將到來的責罵擔心時，她的積極樂觀總是讓我驚訝。她可能是班上唯一在生物考三十分時，還有心情模仿老師稱讚「嗯，有進步，有進步」逗得全班哈哈笑的女孩；也是唯一在數學課光明正大睡到滑倒的女孩。

「我的名字是周星彩，和周星馳差一個字而已喔！要記我名字很簡單，看到四星彩買就對了！」

其實要忘記星彩真的很難，一來她身材高頭大馬，是全班第一高，永遠的最後一排；二來她特殊又誇張的開朗笑聲，總能吸住所有的注意；三是她與生俱來

的體育天分，尤其是賽跑方面。在大宇，星彩可能是唯一能以跑步勝過訓育組長鄧肥的傢伙——雖然最後贏家絕對是鄧肥。因為他發現追不上後便改採用廣播，有什麼事只要在訓導處裡這麼說：「一年三班周星彩！聽到廣播立刻到訓導處找鄧組長！」她就一定得去了。

關於鄧肥的傳說很多，聽國三的說，他曾單手把闖入校內的野狗一掌拍死，像李小龍一樣，這我是不相信的；但說曾經把我們大宇國中頭號人物大寬學長從牆上拽下來，這我倒是相信。

而這樣厲害的人物，卻輸給了星彩！說實在的，也難怪她會紅到連隔壁班都知道呢。

星彩是班上的開心果，是不愛上課學生們的領袖，是訓導處的「值日生」。但說實在，她的故事再精彩，卻和我一點關係也沒有。她和我就像生在鄰近的兩個世界，認識，但鮮少交集。唯一的關連就是當全班成績單發下來時，師長們說的那句：「王子啊，你要好

好讀書，別和星彩他們一樣每天到學校都不知幹什
麼……」

　　我和星彩是這樣兩不相交的平行線，我看得到她，
她可能從沒注意過我。

　　直到那天的作文課。

　　「下週開始，我們要進行主題寫作。」陳老師說。

　　大家不能免俗的「啊！」地叫了起來──星彩發
的最大聲。

　　「連續兩週，兩篇文章。」老師說道，帶了點神
祕的語氣：「但這次不是自己寫寫就好囉。」

　　什麼？

　　「我希望你們兩個兩個為一組。」她看向所有困
惑的表情：「用合作的方式完成這兩篇文章，散文或
小說都行，題材不限。」

　　「老師，可以寫上次戶外教學的遊記嗎？」美玲

問。

「可以。」

「那習作上的題目呢？」阿衛問。

「我說了，『題材不限』啊。」她強調道：「愛寫什麼都可以，寫假的，自己編的都沒問題。」

大家從不解轉向興奮的譁然。

「不行吧，老師，這樣會變成只有一個人寫的。」志中舉手說道。

「那就別讓文章只有一個人寫啊。」陳老師看向每一個人：「看你們是要接力，還是分工，還是一起寫都可以，反正一定要兩個人共同完成。」

爲什麼要改成這樣！

爲什麼大家都一臉期待的樣子？我還寧可老師規定題目呢！這樣兩兩分組對我而言可是最糟的狀況啊！

果不其然，所有人聽到「分組開始」後便熱切的

沒有用的王子

擠眉弄眼、交頭接耳，朝慣常同組的夥伴打暗號、比手勢——老實說，這種場景一向會為我帶來不幸，因為每回我都只能當隱形人，默默待在原地。

　　而我的命運，就是等所有人登記完後，由老師像賣菜一樣地大喊：「誰沒有分到組？誰想和王子同組！」並接受大家左顧右盼，懷疑，甚至同情的眼色。

　　所以最後又剩我站在講桌前了。

　　「給我分組名單。」陳老師向國文小老師招手，接過紀錄。

　　「啊，很好。」她看了一眼，朝教室最後方大喊：「周星彩！」

　　不會吧？

　　「妳們那組三個人，太多了。」陳老師比了個分開的手勢：「妳來和王子一組。」

　　我很擔心的望向老師，迴避星彩的表情。根據經驗，最好的方式就是告訴老師這份作業我會自己完成，

而不是回頭硬要面對搭檔那張「倒楣」的臭臉……

　　但出乎意料之外，星彩臉上寫的卻是愉快的笑意，好像一點也不在意脫離朋友，又被迫和莫名其妙的傢伙一組。

　　「好啊！」星彩回答。那份爽快，是不是連老師都會驚訝呢？

　　她真的很奇怪。

　　與那份爽快相反，我們合作第一回得到的評語分別是「婆婆媽媽」和「兇巴婆」。而且當我罵出後者時，星彩的反應居然是：「這就是你能想到的罵人方式嗎？『兇巴婆』，連我爸都不會這樣講！他會說……」

　　她立刻示範了一句十分當紅的罵人字眼，罵得我兩眼發直。

　　「怎樣，還有意見嗎？」

　　「就說寫上次的戶外教學就好了啊！」我藉著怒

意才斗膽再度強調。換句話說，要是平時我絕對不敢。

「上次戶外教學我根本想不起來啦！而且超無聊，也沒什麼好寫的啊。跑去那個『刻薄館』做什麼來著，那麼多死人骨頭我哪記得……」

「是科博館。」我糾正：「還有，那裡才沒有死人骨頭，妳……」

「我怎樣？」

星彩強烈地擺出瞪人的表情，那束高高立起的馬尾爆炸似的，讓我感覺像面對一頭豎起鬃毛的獅子，不由將表情收斂許多。

「……不然我們分開寫嘛。」我小聲地提議。

「第五組小聲點！」陳老師指向我們。唉，這是我第一次被她用這種嚴厲的表情注視，真是多虧了星彩大小姐。

建立在如此良好的溝通上，五十分鐘過去，我們唯一共同創作的成果就只有標題：「科博館記趣」。

「根本不有趣。」

這是我們成為唯一放學後被留下來的組別時，星彩最中肯的結論。

「還不都是妳不寫。」

「這個爛題目我根本想不到要寫什麼！」

她說完大力一拍，我整個人嚇得彈了起來。作文本在空蕩蕩的教室裡彷彿引起回聲，可怕的、震撼的回聲。

不寫這個到底還能寫什麼？我很懷疑。

而且我可是屈就了呢，要是自己寫，早就把這篇文章寫完了！雖然題目真的很老套，但星彩平時就算寫更老套的題目，也頂多兩百字就交稿，除了找這類以外還能怎麼辦？唉，要是這份作業是算兩個人的分數，我會被害死……

「好嘛，不然妳說要怎麼寫。」我很敷衍的回應。

「怎麼寫？」星彩瞪著我：「欸，王子，你真的很怪耶。」

我居然被怪人說奇怪？

「你不是平常都在看書嗎？」她懷疑的問：「我以為跟你一組會有比較好玩的東西可寫咧，結果還是這種老頭文章？你書都看到哪了？」

我感覺臉變得火燙，她的話像一把凶猛的利劍，直接戳進胸口，引起熊熊火焰。

「我當然有很多可寫！」我反駁：「別說遊記，就算小說也沒問題！」

「那寫啊。」

她依然故我的挑釁以待，看向我前篇的作文。我立刻把分數欄遮住，她哈哈大笑。我承認，我的作文分數真的不高，每次寫的也都是老頭文章，連我自己都不敢看。

唉，像書上那樣的故事我也想寫啊！可寫不出來，又能怎樣？

　　「寫啊！寫啊！」她開始用哼歌的方式唱起怪異的歌來。

　　我不知該怎麼回應了，面對星彩這個兇巴婆，自己簡直像啞巴一樣。

　　「……那開始吧。」

　　我拿起作文本把第一行的「科博館記趣」劃掉。

　　稍微想了一下，換上新的標題：

　　「新世界 New World」。

2

守門人

子仁和星彩從原本的世界飛了起來，再次著陸時，眼前出現的是一座直通白色雲端的黑色大門。

　　「等一下，為什麼要用本名啊？」

　　「好吧，那妳要用什麼？」

　　「Star！」

　　Star，星星的意思嘛。為什麼不用中文綽號？我正想問，她卻先主動說了：「這樣和你的英文題目才搭嘛。」

　　「那我也來想一個……」

　　「不用啦，你叫王子就好了。」她想了想，補充寫道：

　　站在 Star 身邊的是王子，過去曾經是一個小小島國的統治者，島上有一隻狗，兩個人，這就是全部了。

「這樣哪算王子啊！」

「嗯？我覺得這樣就夠了啊。」

「唉，好吧。」

我們蓄勢待發，面對無比巨大的黑門時，忽然很有默契的閉口不語。

不知何時換上藍白王子裝的我，正站在深不可測的雲層中，看向身旁興味盎然的 Star ——她換上了白衣白褲，帥氣地發亮，可惜和爆炸馬尾一點也不搭。

「走吧，看看門後有什麼！」

黑門厚重的神祕感讓我畏懼，但 Star 卻一點也不害怕。

她大步向前走去，嘟起嘴。

　　黑門看起來很重，其實卻輕得像羽毛，輕輕一吹就打開了。

門砰地一聲開啓了。

咚咚鼓聲配著小喇叭吹響的音樂襲來。出現在我們面前的，是不知從哪迸出來的大廳，黑白相間的格子地面與牆壁連成一氣，就好比一整面畫布似的，若不是掛滿圖像，還真看不出哪裡才是分界。

我小心翼翼地檢視四方，發現掛上的圖像各有不同，有的主角是人，有的是風景，但都是黑白的，歪歪斜斜放著的，有大有小，如通向不同景色的出口。

「唉呀，好盛大的歡迎！」

Star 毫不猶豫地走了進去。

「Star，」我連忙警告：「別急著進去！通常這種地方一定都有什麼厲害的角色在把關。」

她若有所思的考慮我的話……大約五秒。

「怕什麼，你真的很膽小耶，王子。」Star 大笑，還附贈了不得了的挑釁：「喂！有『厲害的角色』就快點出來吧！不然這麼大的大廳沒有人還真無聊

呢！」

　　就像回應她的呼喚，咚咚鼓聲再度響起，忽然，砰地一團高空煙霧中，那傢伙真的出現了！

　　這個黑白大廳的守護者！

　　那是個全身雪白的巨人，有明亮無比的雙眼，三人高的軀幹，細長手臂。我看不到他的腳，但肯定藏在那鑲金的華麗禮袍裡，有著發出喀啦聲響的古老鞋底。他一個翻滾落地，竟意外的極為輕巧，以一個溫和的鞠躬示意。

　　　　王子覺得白巨人是這麼不可思議，他每一步走路都像在飛翔，輕輕一點，就從大廳最末端落到兩人面前。

　　「你們是誰？」他客氣地問，但聲音宏亮，就像十幾把喇叭同時鳴起。

「我是 Star，他是王子。」Star 甩著長馬尾說道：「我們要來參觀新世界。」

「那麼，你們來對地方了。」巨人彎腰鞠躬：「我是眾多世界的守門人，要去任何一個世界，都得先過我這一關。」

要過關？希望別太難啊！我心想，不過 Star 卻正好相反，她摩拳擦掌，似乎準備火力全開。

「你們只要讓我相信。」巨人明亮的眼睛問道：「新世界對你們而言非去不可。」

聽到這個問題，Star 皺了皺眉頭：「就這樣？當然是非去不可啦，不然我幹嘛來？」

她說完，兩邊的牆壁忽然發出機械式的喀啦喀啦聲，向中央接近。

「咦！這邊的牆壁會動！」我們異口同聲叫了起來，牆壁也彷彿回應式的加速壓縮。

「是的，」巨人微笑地說：「兩位如果能說服我，

就可以逃離這裡，前去新世界，但如果不行……」

他眨眨眼：「那麼就只得回去了。」

「欸，你說的回去，不是回『老家』去吧？」Star 哈哈大笑，我則完全沒心思開這種恐怖的笑話。牆壁越來越靠近了！兩邊搖搖晃晃的畫已經相距不到兩公尺！要怎麼說服他？該說什麼？那喀啦喀啦的機械聲為什麼這麼響，這麼可怕！

Star 看著我居然噗嗤一笑：「你想到什麼就說，別咬嘴唇好不好。」

「我先來：因為我們兩個有任務要完成。」她隨口胡說。

「什麼任務？」巨人問。

我也很想知道啊！根本沒那種任務吧？

牆壁仍在喀啦喀啦的貼近，現在巨人得歪著頭改用蹲坐了。

「我們要去挑戰那世界的人！當天下第一！」

巨人歪著頭，牆壁停頓一下。

然後同時噴出颼的氣煙，喀啦喀啦地加速前進。

「這樣不行嗎？」

「當然不行！太暴力了吧！」我抓緊機會快速答出自己的：「我們要去……去和那世界的人建立……友誼。」

牆壁又噴出氣來，我連忙大退一步靠近 Star，避開牆壁的攻擊──巨人現在只能縮手縮腳了。

「好假喔，連我都不會相信。」Star 哼了一聲，改問巨人：「喂，一定要很棒的理由嗎？我想提早慶祝下下禮拜四的生日，行不行？」

原來她生日快到啦……不，牆壁無動於衷，看來仍然不被接受！三幅樹林、海魚和流星的風景畫撞上了我，我連忙又朝 Star 大退一步，卻不幸踩上她的腳。

「別來亂了，快隨便說說！」

「隨便說可是會加速的啊！」我辯解。

確實是這樣，由於剛剛各種答案的關係，現在的空間僅夠我們肩並肩站，而且馬上就只能前後站了！

　　「好吧。」Star 乾脆死馬當活馬醫的亂說：「我們要去新世界，因為想找能讓人真正快樂的地方！」

　　縮成蛋型的巨人遲疑了一下，歪著頭，露出思考的表情。

　　牆壁再度噴出煙來。

　　但喀啦聲停了。

　　「成功了，星彩！」

　　「別亂叫，我的名字叫 Star 啦！」她玩笑似的瞪我一眼。

　　然後我們面對巨人，一同問道：「這樣可以讓我們進去了嗎，守門人？」

　　守門人發出「嗯」的思考聲，就像老舊馬達一樣。

　　「確實是很好的理由。」他笑了笑：「你們就去吧！」

「在哪啊？」

我的問題還沒完全說出口，便突如其來的腳下一空，刷地往下直直掉落！

「門！」

Star 在空中向上一指，我這才發現剛剛我們一直踩在一道黑白相間的門上！

「看你們的了！」守門人從門的另一端揮手，可我實在沒心思回應。掉落的速度好快！高空的風居然這麼大，眼鏡好幾次幾乎要飛起，連臉都要被吹得變形了！

「看你個頭啦！」Star 大聲回應——就在我耳邊，可風聲這麼響，我猜巨人根本聽不到。

「現在怎麼辦啊！」我焦急的問：「怎麼辦？」

但回應我的只有狂飆的風聲，吼叫的風聲，讓人發寒的風聲……

忽然風靜止了。Star 和王子忽然緩慢的飄浮起來，在這裡，沒有一點風，也沒有一點喧嘩。「你看。」Star 指著腳下，王子當然也看到了，那寶藍色的星原來就在那，而他們，就像從宇宙向地球輕輕掉落……

　　「哈，好玩！」星彩指著那句「就像從宇宙向地球輕輕掉落」說道：「接著肯定有更好玩的，不錯嘛，王子，我覺得我們都滿能寫的！」

　　真不可思議。

　　我以為和別人合作會是很麻煩、很痛苦的事，所以一直以來，能自己做的事情我就自己做，不只是因為沒人想和我一組，更因為我覺得自己做比較輕鬆。但現在，星彩的加入卻讓這場寫作變得不一樣，她讓我們誰也無法預料結局，這才是真正的冒險！

　　「雖然我還是想抱怨一下。」她指著前幾行：「為什麼我答的答案都錯啊？生日的那個不好嗎？」

「妳這麼想要生日禮物啊？」

「誰不想要？」星彩聳聳肩，忽然斜眼瞄向我。

「……我的零用錢不夠買禮物唷。」

　　星彩頓了一下，哈哈大笑：「開玩笑的，你當真囉！」

我確實是當真了，被這麼一笑，不禁有些臉紅。

「無論如何，先創造新世界吧！先造陸地上的東西，你覺得呢？」

她靈活的眼光俏皮的眨了眨，我愣了一下。

這是頭一次有同學真正用「朋友」的方式對我。

但媽媽可不覺得這有什麼好的。

「共同創作？」媽媽隔著紅燒豆腐看著我：「這就是晚回來的理由嗎？老師沒在課堂上給你們時間？」

我低頭夾菜，迴避她瞪人的眼光，把菜塞滿口模糊地回應了一聲：「有。」

於是她繼續追問：「人家給你時間，你卻老是拖拖拉拉的。那跟你一組的怎麼辦？」

「她說沒關係。」

「怎麼可能沒關係！」媽媽的音量提高：「你不

是說留到只剩你們兩個人——你跟誰同組？」

　　我估計這會是最糟的問題，但終於還是來了。

　　平常沒什麼說謊能力的我說了實話，老媽的臉在蘿蔔湯的白色蒸汽中頓時發紅。

　　「周星彩！」她驚訝的叫道：「那個女孩不是都不讀書嗎！你怎麼會找她呢！」

　　「聽說她讀小學時就打傷過同學，她沒對你怎麼樣吧？」

　　「如果被同學欺負，一定要告訴媽媽喔！」

　　「你不會跟人家去學壞吧？」

　　一連串劈里啪啦的問題，沉重得讓我招架不住。

　　要是作文本有在身邊就好了，看了我們的大冒險，說不定她能安心一點呢，不，說不定不行，她恐怕比守門人更難說服……

　　「好了好了，趕快吃完我要收菜。」她一臉擔憂地看著我，最近總是如此：「你看看，都七點了，等

下去讀英文。」

　　我「喔」的一聲答應，準時進入房間，打開塞滿皺巴巴考卷的書包，拿出英文課本。

　　第一個單字：Star，旁邊還有卡通式星星眨眼的圖案。

　　「我也不是從不讀書的唷！」那個星星好像正用星彩的聲音這麼說。

　　真是的。

　　唉，忽然好想找人談談新世界啊。如果除了老媽以外，這個家如果能有另一個人，會不會願意聽聽Star和王子的大冒險呢？也許他能跟我們一起想，新世界該有什麼好玩的事會發生……

　　如果有這麼一個人，我希望那會是爸爸。

　　儘管我沒有。

3

硬皮書城

「嘿！昨天晚回家有沒有被老爸打啊！」

一大早，我便被星彩用她一派的開朗問候。

「我被老媽唸了。」

「你沒老爸喔？」星彩敏銳的猜中了，我只得點點頭。她笑了笑，毫不避諱地說：「喔，難怪你個性那麼婆婆媽媽。」

「妳……」我正要反駁時，她又補了一句：「那不就跟我一樣了嗎？我沒有老媽！」

居然有人能這麼自在的面對這種事？

星彩毫不在意我的驚訝，繼續說道：「我老媽三年前就掛了，現在要到另一個世界才看得到囉！那你呢？」

「我……」我從沒和人談過這種事，雖然怎麼也覺得說了很不得體，但卻還是說了：「……我爸只是離婚而已。」

「那你以後還是有機會看到老爸囉，不錯嘛。」

星彩簡短的評論：「不過我還是比你好，因為老爸老是不在家，根本管不了我。」

「星彩，妳老爸是當老闆嗎？」

「老闆個頭啦！」她笑得更誇張了。

「那是做什麼的？」

「欸，做什麼……我也不知道，反正就是搬搬東西，運運貨之類的。」她聳聳肩：「那種事他很少說。啊，乾脆今天晚上來我家寫好了，怎樣？」

「好啊。」我難得爽快地答應。然後才想到老媽生氣的表情。要是被發現我跑到星彩家，一定會被唸死！可正要出口反悔，一個細柔的聲音卻忽然中斷了我們的話題。

「星彩。」她叫喚道：「妳知道昨天體育課新教的那招怎麼做嗎？」

「哪個怎麼做？哦，那個啊，很簡單！」

我看向站在我身邊問話的人——林美玲，我們班

的第一名！她漂亮的眼睛在看向星彩時微微瞄到我，雖然只有幾秒，但也夠讓人愉快的。

「下課到操場去，我教妳！」

美玲道謝後便離去了，我心中忽然有些落寞。

如果是我，根本不可能和美玲講超過一句話，但星彩卻不同，這樣輕輕鬆鬆就約定好事情了。唉，這樣愉快的對談，是我永遠做不到的……

下課時，星彩就在樓下操場教美玲她們女孩子們玩跳繩，從我的位置剛好可以看到。大家玩得可真起勁，尤其是星彩，她在雙人繩索中跳裡跳外，靈活得像在空中飛舞一般，贏得其他人的掌聲、喝彩。

相較樓下輕巧的嘻笑，最近我身旁的卻是聒噪粗魯的叫罵聲。我偷瞄一眼聚在一起的男同學，從他們大喊：「要輸了啦！要輸了啦！」的表情看來，八成又是在偷打遊戲。

但那也不是屬於我的，我只能在遠遠的地方自己

看書。

　當然，有時我也會覺得，比起樓下操場或旁邊違反校規的那群，書雖然好看，但卻總是少了什麼。可要主動去加入他們？那只會造成尷尬，每次當我這麼做時，大家總是投以怪異的表情，好像我是跑錯星球的外星人似的。

　該怎麼做？我是真的想知道，但也真的不知道。

　經過麵包店時，星彩叫我稍待一會。幾分鐘後，她提著四五個不同樣子的麵包走了出來，那香氣真讓人食指大動。會是等等要請客的下午茶嗎？我有些期待。

　「這是我的晚餐喔。」她大概看穿我的意圖，立刻表明：「你想吃要自己買。」

　真是大方，我嘆了口氣。

　我們彎過幾條巷弄後，在一排老舊的灰公寓停下。

進門後的石梯彎彎曲曲的通往三樓，空氣中有微微發酸的氣息。

「歡迎光臨。」她說，一面打開幾乎要整面落下的生鏽紅鐵門。然後領著我走入客廳，邊哼歌邊踢開地上的空便當盒和泡麵碗。

「你先找位子坐喔。」

話雖如此，但那個不知由什麼組成的破沙發上面早坐滿鋁箔包、紙盒和報紙了，根本沒有我的餘地。迫不得已，我只得先幫忙收拾，一邊把看起來髒兮兮的東西都往垃圾桶塞，一邊把可以堆疊的報紙和書本歸位。

忽然，從我整理的特價廣告手冊和報紙之中，啪啦地掉出一本熟悉的東西。

「哈，找到數學習作了。」星彩開心的把習作撿起，往房間走去——裡頭馬上傳來物品崩塌掉落的聲音。

如果這是我家，老媽早抓狂了。

「星彩，你爸爸不在意這些東西嗎？」

「不會啦！」她走出房門看向我：「反正他都只回來一下下。」

於是我們又打掃了近三十分鐘才開始陸地的故事。

新世界的大陸是連在一塊的，森林與草地、沙漠與高山，顯然都已成型。Star 和王子選擇中央的柔軟沙地輕輕著陸，在那裡，有著銀色的山丘，銀色的谷地。日與月同時掛在天上，將銀沙照亮的如同寶石。

「有人嗎？有沒有人在家啊？」

「不是有沒有人在『家』吧。」我更正：「而且這四周，看就知道沒有人啦。」

「哦？你確定嗎？」

　　彷彿回應了 Star 的想法，一個聲音回應了。

　　但不是人的聲音，而是某種巨大的嗡嗡聲，以及銀色大地的微微震動。

「地震！」我大喊：「我們得在原地等它停！」

照理來說，是該這麼做的。但出乎意料的是，地震不但沒隨時間減緩，還反而越來越強，甚至到難以站立的地步。

「看！根本不是地震！」Star 指著前方大喊：「那邊！有一個超大的東西要過來了！」

我這個狼狽的王子，一面用四肢抓地，一面努力抬頭向 Star 所指的方向看：怪怪，真不得了！

「是城市！」我驚訝道：「會移動的城！」

「哇！」Star 歡呼大叫：「看看那城牆，超高的！我發誓，這是我看過最大的一座城了！」

她說完以後便跌跌撞撞的跑了過去，在銀色沙地中邊跑邊打滾。

「Star ！別太心急啦，我們應該先觀察一下……」

大城是靠六條機械巨腿移動的，聲音遠比坦克車

還大上幾百倍，所以王子的話當然沒被聽到。Star 拋下還在原地搖搖晃晃想站起來的王子，想更靠近，看得更清楚。但沙地實在太軟，雖然她想盡量走快些，卻也毫無辦法。

「停下！停下！」她大喊。

忽然，就像聽到她的祈求似的，大城真的停了下來。那六條機械腿，就像疲憊想休息似的，收縮在兩側。當大城決定要休息時，震動止了，聲音也靜了，它放下斜坡，開啟巨大的銀色城門，彷彿在歡迎 Star 和王子的到來。

「這是個好機會。」Star 看向好不容易從後頭追上的我，指向遙遠的正前方：「我們應該去城裡看看，那裡肯定有些什麼。」

Star 和我一前一後的向眼前的大城奔跑，可奇怪的是，無論再怎麼跑，那座城卻永遠是那麼的遠。

「這樣太浪費時間了，」Star 跌坐在地上擦了擦額邊的汗：「我們得想個好辦法。」

「什麼好辦法？我連我們有沒有前進都不知道！」我說，左右張望希望能找個目標物確認，可四周只有一望無際的銀色地平線，和上空高掛的日月。

「要是有個交通工具……」Star 喃喃地說道。

啊，確實是有交通工具！

王子吹起了口哨。忽然平板的地面跳動起來，從地底，升起兩隻扁平的銀色魟魚，牠們飄盪在王子和 Star 的腳踝邊，兩邊的翅輕輕搖動彷彿裙擺，溫馴地在空中和沙地間巡游。

「好，上去吧！」

不等我說出口，Star 早迫不期待地跳到魟魚背上了。

「這個不錯嘛！」Star 拍拍滑溜溜的魚背：「牠們一定是沙地特有種！」

　　「不，其實是海底特有種。」我介紹：「但牠們上山下海，什麼地方都能去！」

　　我們搭上魟魚柔軟的背，向大城迅速飛行，微風輕輕吹過，銀沙波浪似的興起，一股前所未有的輕鬆感，令 Star 哼起歌來。

　　當飛行到城牆下時，Star 和王子驚訝的發現到，那座移動大城的高聳外牆，居然是由一層層硬皮書堆疊而成。在書堆中心，還有一座通天的百色書塔。

　　「飛上去看，帶我們到塔頂！」Star 命令道，並從魟魚背上站了起來。

　　他們於是乘著風，來到硬皮書塔頂。面對那驚人的高聳建築，少說應該也有百層！空中四處都瀰漫圖書館慣有的書卷味，彷彿除了它，便再無其他氣息。

「到那裡降落。」我朝街道的一處空地指了指，Star 點點頭，一彎身便讓魟魚扁平地滑翔過去，細長尾巴在天空優雅的甩出一條弧線——我就沒那麼順利了，當村民夾道歡迎 Star 時，我卻被魟魚忽然地扭動肚皮嚇到差點翻車。

　　但大致上是順利的，我們在人群中停了下來，翻身下魚。

　　「感謝啦，有事再麻煩你們囉！」Star 拍了拍魟魚的背，後者似乎聽懂似的眨了眨眼，便並排飛翔，返回天際。圍觀的人群相當驚訝的發出呼聲，我環顧這群議論紛紛的村民，發現他們從穿著到長相，看起來都和我們一模一樣。

　　看來除了房屋是書搭蓋的以外，沒什麼太大的不同呢！

　　「媽媽，是騎士耶！」一個穿著花格子裙的女孩指著 Star 大喊：「是天上來的魚騎士！」

Star 顯然非常喜歡這個新稱號，立刻開心地回應：「沒錯，我就是白衣騎士 Star！旁邊的則是王子！」

「王子！」

一群小女孩聽到這兩個字後，便一臉興奮地探頭望向我 ── 老實說，看到她們失望的表情時，我才是那個最失望的人。

「王子和騎士，你們是來挑戰硬皮書塔的嗎？」有個聲音問。

「什麼硬皮書塔？」我直覺的回問，Star 也露出疑惑的表情。

「如果你們要去，請把我的女兒帶回來。」一個看起來很像陳老師的女人說：「她自從出發去挑戰硬皮書塔後，已經有三個月沒有回音了。」

「快去打敗塔裡的國王吧！」

「拜託你們！城裡已經沒有人能去了！」

一瞬間，我們已被各式各樣的請願聲給包圍，和

新聞裡的情況一模一樣。可我們根本搞不清什麼是挑戰，要去硬皮書塔做什麼？面對這些突如其來的請託，只有不知所措。

「等等，等等。」白衣騎士 Star 揮手高呼：「先別急嘛，一個一個說清楚，到底塔裡發生什麼事了？」

「我來告訴你們吧。」

一位腰很彎，很彎，彎到像駱駝小峰一樣的灰袍小人出現在 Star 和王子面前，他有著厚重的小眼鏡，和怎麼也走不快的腳步。兩旁人們一見到他來，便自動讓出一條路，安靜下來，尊敬的等待發言。

Star 驚訝的發現，那個人看來雖然像老頭，但其實並不老，只是背挺不直，體力不濟，沒走幾步路，便搖搖晃晃，氣喘吁吁。有人遞出椅子給灰衣人坐，他喘到連說謝謝都有點困難。

「我⋯⋯我是硬皮書塔⋯⋯過去的國王。」

「國王！」

「一點也不像國王啊。」Star 小聲地說：「國王的話，至少要穿金戴銀，手上戴勞力士，開賓士上街才對吧。」

「那哪裡是國王，是有錢人吧？」我忍不住糾正她。

「至少不是彎腰駝背的傢伙吧！」Star 大聲的回話，我沒來得及在第一時刻阻止。這話一口氣便回傳到國王和居民們的耳裡，引起周圍觸電似的震驚，議論紛紛。

這時的我還真想同那兩隻魟魚一起逃走！

「呵呵。」國王卻不怎麼生氣：「沒辦法啊，這些都是為了登上硬皮書塔的犧牲。」

「你們可能不會相信。當時我可是在千百個夜裡熬夜苦讀，趴桌子睡覺，打敗上百位競爭者，才換得今天的成就呢。」他咳了幾聲，繼續說道：「唉，雖

然也是這樣把身體搞壞了……」

「這樣值得嗎？」Star 問。

「為了國王競賽，值得啊。」

「國王競賽？」

在硬皮書城，最重要的就是國王競賽。

國王競賽只能由年輕人參加，所有參與者必須在硬皮書塔中打敗對手，搶占代表那個樓層的「分數」。所有人起點都一樣，由六十分開始，答對或勝利的人，分數就能不斷向上跳，往塔頂的國王寶座前進。反之，失敗的人，便會輸去約定的分數往下掉，直到掉到零分，從塔底跌出，永遠不能進入。最後那位一百分的勝利者，就是新的國王，擁有最大的權力，能下任何命令……

「哇！任何命令！」Star 興奮地說：「這樣才像

當國王嘛！」

「一旦扣到零分就沒辦法回去了呢。」我提醒她。

沒想到，那位「陳老師」聽到了卻說：「唉，我還寧可我的女兒小玲，能在一開始就扣到零分呢。」

「為什麼？」我和 Star 同時驚訝的問。

她指向高塔的方向：「如果沒有人挑戰，各樓層的挑戰者就會被永遠困在那……」

「沒有人去挑戰現任國王，所以還有三個孩子回不來啊！」

現任國王，是誰呢？國王不知道，村民也不知道。

國王只記得一個黑色的鐵甲武士闖進他的樓層挑戰——之後當他意識清醒時，人已經在塔外了。

「我和你賭一百分。」這是國王唯一記得的話。

可憐的國王，他為了登上塔頂，過去十幾年來是這麼努力又用功的讀書，犧牲自己的健康和睡眠，結

果只因為一句話，就什麼都沒有了。

「雖然當國王很不賴，但為什麼要爬塔才能當啊。」Star 不解的抱怨。

「不然還有什麼方式決定誰當國王？」我反問：「他有最大的權力耶！」

「有最大的權力也不會是最快樂的人啊。」Star 指指周圍的村民：「你不覺得那個雜貨店老闆，還有那個士兵，都比國王快樂多了？」

就像印證 Star 的話，國王再度激烈的咳嗽，咳嗽，一不小心便摔倒在地。

「我的背啊！」

幾個人連忙去攙扶他，可他實在太小太駝了，剛站穩又跌了一跤……

「……如果他沒那麼拚命讀書也許會好一點。」
Star 聳聳肩。

我們脫離人群，走在挑戰大道上，沒多久便抵達硬皮書塔的入口。

這座鐵鍊封鎖的大門，看來就像書本廢墟一般，令人無法與國王的豪華住宅聯想在一起。巨大的書塔是這麼高聳，直通天際，一陣強風吹過，上百本圖書便刷刷地發出翻頁聲和濃厚的書卷味。

「我應該會有好一陣子不想進圖書館。」Star 皺起眉頭說。

反正妳平常也很少進去吧？我心想。

「好啦，開始吧！」

Star 和王子同時將手伸向鐵鍊，用力一扯，突如其來向內颳捲的狂風便將兩人一把抓進黑色入口中。

一片黑暗。

我緊張地護著頭，小心翼翼在風中張望，但高塔

中卻什麼也看不到！

「Star ！」我焦急地大叫，好像隱隱約約在前方聽到 Star 的回應……

「吵死人啦！」她的聲音在風中飄盪。

這可能是我少數挨了罵卻反而心情愉快的特例。

「我們在飛耶！」

「廢話！不然難道像在下沉嗎？」

才這麼說完，風聲便忽然停止。我們在空中失去重心，咚地滾落到一個柔軟的地面上。

然後一切都亮起了。

我們張大眼睛，愣在原地，不敢相信眼前出現的景象……

Star 和王子站在一個綠油油的大草原上，廣大地沒有界線。頭頂有藍天，白色的雲朵，一陣噹噹銅鈴聲響吸引著他們的注意，由遠而近。

一群雪白綿羊輕輕巧巧地走了過來，溫馴地包圍他們。側坐在領頭羊身上的是一個穿古代牧羊服的少年，奇妙的是，他們對這少年一點也不陌生。

「阿衛！」Star 發現是班上的阿衛，忍不住叫出對方的名字。但阿衛臉上卻呆呆板板的，和以往的他一點也不像。

「我是第一關。」阿衛只是淡淡的說道：「這關是六十分，你們如果輸了，就會掉到五十分。」

五十分！我心中有些擔憂，萬一輸了，我們要怎麼回來？沒辦法到塔頂，會不會永遠不能出去？

「等一下。」Star 開口，我本以為她要阻止阿衛，沒想到她說的卻是：「什麼五十分，要賭就賭六十分。」

「Star ！這樣太危險了！」我阻止道。不過聲音卻被她不知哪來的十足自信壓過：「要出去也是你出去，我們還要打到塔頂呢！」

太冒險了！我們連對方要怎麼挑戰都不知道呢！

「很好。」阿衛從羊背上跳了下來：「那我要出題了！」

忽然，草原上所有的羊都跑動起來，圍成一個大四方形。只剩阿衛騎的那頭在場中央，看了看他們，然後咩叫一聲往前跑。

「請問……」

隨著阿衛的發話，題目在天空上浮現出來，草上的綿羊也咩叫著配合題目演出：

一頭羊從原點出發，先向右走八公尺，再向上走十公尺，停了一下吃了草，又退回五公尺，再向左走四公尺，發呆一下又繼續向左走三公尺然後再向出發點走四公尺，請問這頭羊和原點最近的距離是多少？

「你們有十秒可以作答！」

「什麼！」

這不是數學嗎？我最不會數學了！

只見眼前的羊一下向右跑跑，一下向前跑跑，一下吃幾口草，一下仰頭發呆……老天，都看花了！我需要筆，還有橡皮擦，不然怎麼計算？……Star 看來也遇到困難，她很努力的抓著頭髮思考，可越努力表情越生氣，而且不像有在計算的樣子……

完蛋了，我們要零分了。

「時間到。」

阿衛得意洋洋的看著我們，問道：「想出答案了嗎？」

「答案？」我尷尬地回答：「可以再讓我們想一想嗎？」

阿衛正擺出「不」的口形時，Star 忽然大喊：「我知道了！」

「什麼？」我和阿衛都驚訝的看著她。

她剛剛明明什麼也沒做啊？

「答案就是……零！」

不！這是最不可能的答案啊！

我們眼前的綿羊發出咩咩發笑的聲音，至於阿衛，想當然爾地直接開懷大笑，指著我們：「你們輸了！不信自己看，這隻羊根本不在原點啊！」

可 Star 不甘示弱，走向綿羊，然後朝我大喊：「拉住羊的後腿！」

我知道她要做什麼了。

可憐的羊，就這樣被我們搬頭搬腳的硬是拉成長長的一隻，像鋪在地上的羊皮毯一樣——腳尖剛好搆到原點。

「這不就到原點了？是零沒錯吧！」Star 說，不顧可憐的綿羊咩咩掙扎。

「哪有這樣的啊！」阿衛不服氣地瞪大眼。

可說也奇怪，一連串鞭炮似的砰砰聲傳來，羊兒們就在此時接二連三的爆炸消失。風景戲劇化的改變了，漂亮的草原扭曲起來，像透過哈哈鏡看世界一般。

「這棟樓是怎樣？」Star 愣了一下，忽然，我感覺手上一鬆，原來連出題的羊也砰的消失了。

「這表示換……換你們出題了。」阿衛尷尬的衝著我們笑：「拜託，別太難喔……」

「哦。」Star 露出恍然大悟的表情，故意拉長尾音：「不會太難的啦，非常生活化喔。蛋炒飯要先放油還是先放水？」

「水……是嗎？」他投以疑問的表情。

Star 伸出食指，左右搖了搖，阿衛忍不住倒抽一口氣。

「書上沒教啊！」

他怪叫一聲，便像被誰拋起似的向後直飛出去。草原與藍天完全消失，我們再度回到黑暗之中，啾啾

風聲將我們拚命往上吹，在風聲中的是 Star 開懷的大笑。

「呆子才會在做蛋炒飯時放水！」

其實我也不知道呢……我有些心虛的想。

當風停止時，我們同時來到了新的樓層。

出現在 Star 和王子面前的，是一片奇妙的古老景象。傳統街道上，盡是綁辮子的清朝人，有些拉牛車，有些扛小擔子，來來往往的叫賣、奔走。所有人事物都瀰漫在一片老舊的黃色中，彷彿許久以來，依然在過去的時空生活著。

一陣牛鈴聲輕輕響起，從遠處跑來的黃色牛車上，跳下一個和我們一樣彩色的少年，他笑著望向我們：「哈，這裡是七十五分的樓層。等了那麼久，終於有人給我出題啦！」

那不是別人，正是歷史小老師志中。看到穿清朝服飾的志中，Star 忍不住直接的笑了出來。

「超像小李子。」她指著對方大笑。

「喂！哪裡像啊！」志中拉了拉衣服，有些臉紅的說：「我可是配合出題才這麼穿的。」

「清朝歷史嗎？」我問，他點點頭。

「太好了，歷史比數學簡單。」Star 一聽，夾帶前一題戰勝的自信，立刻向志中挑戰：「來賭七十五分吧！」

「當然可以！」志中得意的笑，一臉就是「你們鐵定答不出來」的表情。

他拍了拍手，泥巴路的地面上，便浮現出新的題目：

清領後期在臺灣北部一邊進行傳教，一邊幫人拔牙治病，並且在淡水設立中學堂和第一間女子學校的

外國組織是以下哪一個組織：

    A.基督教長老教會。

    B.基督教耶穌會。

    C.基督教兄弟會。

    D.佛教慈濟功德會。

「啊，我對 D 有印象。」Star 毫不猶豫的指著 D 選項：「那我選……」

「答案是 A。」我一聽不對，連忙搶先作答。

「咦！」志中和 Star 都一臉驚訝：「你怎麼知道！」

太傷人了吧！

「因為上次上課偷看小說，這題我被罰抄了十幾遍……」

志中愣了一下，但沒像阿衛一樣驚慌失措。雖然看著四周景象一點一滴褪色，轉白消逝，依然非常鎮

定地說：「沒關係，你們儘管出題吧，我一定能答出來。」

是嗎？

我心裡有點不服氣。對，我們兩個的成績確實沒他好，但是硬皮書塔可沒規定要出課本範圍的題目！

「我出題。」我挪了挪臉上的眼鏡：「既然你給我們選擇題，那我也給你選擇題。」

空中浮現出文字。

在科幻小說《永恆花園》裡，男主角駕駛的簡易單人座駕駛機叫做：

A. 光輪兩千。

B. X 戰機。

C. 千年鷹號。

D. 以上皆非。

「我根本沒看過那個故事！」志中急得直跳腳，但注意到我和 Star 的竊笑後，又連忙恢復冷靜：「……我是說，有點沒印象而已，要選對也沒那麼難。」

「那就快選啊！」Star 起鬨道：「選啊！選啊！」

「A。」

乓的一聲，所有的東西都被突如其來的爆炸捲入黑色旋風。就連冷靜的志中也極不冷靜地叫了一聲：「媽啊！」便被疾風吹跑了，相反的，我們則迅速升起。

「哈哈！」Star 大笑：「連我都知道 A 不對！那是哈利波特嘛！」

志中果然除了課本以外的書都沒看過。

真是可惜，他永遠不知道自己錯過了什麼……

Star 和王子終於來到九十分的樓層了。

一陣清淡的植物香氣飄送過來，他們發現自己身

在一片明亮的竹林之中，一群身穿長袍的古代讀書人，正齊聲朗誦手中的竹簡。他們圍坐在一位老者身邊，那人雖然頭髮斑白，兩眼卻炯炯有神，流露智慧的光芒。王子覺得這人好像在哪裡看過，但又說不上來……

「哦？這不是孔子嗎？」

「什麼！」我比較驚訝的是，Star 為什麼會知道！

「我在課本這裡加過鬍子！」她調皮地指指孔子的下巴：「還幫他換上龐克裝呢！」

看到 Star 這麼大膽的對孔子比來比去，我嚇出一身冷汗——好在他的學生看不到我們！

「終於有人到這裡了。」一個溫和的聲音中藏著欣喜：「歡迎來挑戰九十分。」

哇！從竹林走出的不正是美玲嗎？哇，她穿古裝的樣子也滿適合的……

「喂，妳就是小玲嗎？」Star 不客氣的問話搶先

在我的稱讚前發出：「妳媽在樓下等妳回家。」

對了，這個世界的「陳老師」還在樓下等她呢！

「等我回家？但進入硬皮書塔也是她希望的啊。」小玲不解的說：「她說我很用功，一定可以當上國王。」

「當國王有什麼好的，沒當上就回家啦。」Star攤攤手說道：「住在這種爛塔也沒住家裡好啊。」

小玲聽到自己費盡心思的努力被這麼輕視，顯然有些不高興：「但如果贏過你們，就輪到我挑戰國王了。」

她賭氣道：「我要出題了！」

「來吧！」Star不甘示弱的笑道：「賭上九十分吧！」

於是她拿起毛筆，輕輕在空中寫下：

學而時習之，不亦說乎？有朋自遠方來，不亦樂乎？（　　），（　　）？

是默書！

糟糕，這種默書類的考試一向是我的罩門！至於
Star，她顯然也陷入困境，雖然原因和我有些不同……

「奇怪，明明罰抄過二十次，怎麼就是記不起
來？」她不解地喃道。

真是糟透了！

「快回答吧。」小玲勝券在握地催促：「不然就
放棄！」

該怎麼辦呢？

「啊，好想直接問孔子本人啊！」

「但我們問不到啊。」我看著在那邊專注講課的
孔子：「不然妳剛那樣他們早發現了……」

「我要倒數囉：十、九、八……」小玲面帶笑容，
一聲一聲好整以暇的慢慢數道，急得我們都快跳腳

了！

「煩死了！」Star 失去耐心地大叫：「考什麼爛論語嘛！我看孔子也不會記得自己說過什麼！」

「七、六、五……」小玲臉上勝利的笑容越來越彎。

「他自己記不得也有學生記得啊，不然論語……」

話才剛出去一半，我便恍然驚覺：論語……論語是……

學生們對孔子言行的紀錄！

「快翻那些學生的竹簡！」我向 Star 大喊：「上面有答案！」

「等一下！你們怎麼可以作弊！」小玲顯然也想到了，她臉色大變，連忙前去阻擋 Star：「不公平，這樣是偷看！」

但顯然的，美玲的速度不可能超越賽跑冠軍的 Star，只見 Star 輕輕鬆鬆的突破她的攔截，便抵達孔

子師生的身邊。

「『人不知而不慍，不亦君子乎？』」Star 照著唸出來：「我們贏啦！」

一聲琴音彷彿喝彩一般的飄送出來，竹林中的古代學堂消失了，小玲尖叫一聲跌坐在地上，不知所措的泛紅了眼眶。我看了實在不忍，卻又不知如何安慰；至於 Star，卻對對手毫不同情，一臉洋洋得意。

「拜託，有什麼好哭的？」她說：「妳至少有媽媽在樓下等啊。」

「可是，我和媽媽都希望能得一百分……」小玲擦著淚水，抬頭小聲地求情：「拜託，出簡單一點的題目好嗎？」

「可以啊，保證簡單，妳甚至不需要看任何書。」

Star 冷笑道：「來比跳繩吧。」

我和小玲都愣住了。

當我們站穩在最高的一層時，Star 忍不住笑了出來：「一百分是我們的啦！」

　　「我以爲妳對一百分沒興趣呢。」我說：「反正人都救到了嘛。」

　　「本來是沒興趣啦，不過看到他們以後……」Star 神祕地笑道：「忽然就有非要達成不可的願望了，想知道嗎？」

　　她哈哈笑道，做了個跟上的手勢，往金碧輝煌的王座走去。

　　那是一個由群書堆疊而成，高聳的黃金寶座。在寶座旁，四壁滿滿都是鑲金的各色藏書：紅藍綠紫構成龍的雕刻與火焰的圖騰。

　　在王座上，國王穿著傳說中的黑色鐵甲，氣派地坐在那。空洞頭盔中藏著的銳利眼神，正仔細打量眼前的人。

「我以為再也不會有人挑戰頂樓了。」國王
問：「你們一路打敗多少敵人？」

「三個。」我回應。

「三個？這麼少？」他以輕視的態度說道：
「你們可知道，我到這個位置前打敗過多少人
嗎？」

「我當然不知道，我只知道，」Star 邊直視
對方，邊邁步向前：「讓大家發了瘋的讀書會讓
所有人都變笨。」

「為了理想，這不值得嗎？」

「理想？理想得彎腰駝背才找得到嗎？」

她越走越急，越走越快，最後在國王面前一步之遙的距離停下。國王颼地一抖披風，從王座上站起身，塊頭竟足足比 Star 還壯，看得我膽戰心驚。

「我可是騎士，才不會怕你。」Star 說：「我要出題了。」

「請吧，白衣騎士。」國王毫不擔心地說道，語氣中夾藏勝利的優越感。

看著他的黑甲在金宮中閃閃耀眼，我感到一股畏懼。

也許他確實有資格感到驕傲。

「很好，我的題目就是……」Star 狠狠抱拳瞪向眼前的敵人：「你能挨得住這一拳嗎？」

「你能挨得住這一拳嗎？」

Star 問完馬上一拳打去，國王反應不及，完全無

法迴避！

喀啦。一聲彷彿崩塌一般的清脆巨響。

黑色鎧甲忽然在空中爆碎成萬般殘骸，殘骸又震盪著散為粉末。

哐，是半面頭盔落地的聲音。

沒有哀嚎，也沒有驚叫，當王子驚訝地跑向前時，只剩 Star 手握拳仍然站著，但她面前已經什麼都沒有了。

「哈哈哈！」她大笑：「真是笨啊！大家這麼努力，居然就是想贏過這種東西！」

「……贏過不存在的東西……」王子看著地上的粉末。

原來什麼國王，第一名的，只是這樣而已啊。

那大家都是為了什麼？

忽然，如大夢初醒一般，清涼的巨風再次吹動了

硬皮書塔，千萬本藏書都動搖了，激烈地翻動頁面，
彷彿全明白到發生了什麼事。塔頂崩裂下來，閃亮的
陽光因此落在我和 Star 身上，忽然的溫暖，
刺眼到令人無法注視……

　　「恭喜新國王！」所有的書籍都
開口了，迫不及待的齊聲發問：
「請問有什麼命令嗎？」

　　Star 看了看王子，他們很
有默契的點了點頭。

「立刻把硬皮書塔摧毀！」

「遵命。」

從地底發出了轟隆隆狂放的嘶吼，如火山爆發般的震盪。

那是硬皮書城的居民最難忘的一日。

所有人都看到了，那驚人、震撼的一幕。

長久以來，一直困擾年輕人的永恆高塔，讓全世界趨之若鶩的永恆高塔，就在藍天白雲的背景之中一本一本地垮了下來。分數樓層不存在了，高貴的頂樓坍落在平地，所有人一同發出驚呼。

在更高的天邊，他們看到了最後一任的兩位新國王，乘著飛翔的魚，向更高空翱翔……

「衝啊！飛高點！」Star 大喊：「快，飛高，飛向最高處吧！」

Star 的叫喚響徹雲霄，王子跟隨在她身後，在陽

光中瞇起了眼。那瞬間，他忽然相信，要是就這麼勇往直前地一路衝上去，就永遠不會掉下來，他們將會去另一個神奇國度，那真正快樂的地方。

　　就在那天。

4

相差兩年的戰鬥

樓下傳來女孩們的嬉鬧聲，星彩和美玲在大甩繩富節奏的拍地聲中，一同闖入，跳躍。她們的長髮蓬鬆地上下舞動，像兩隻靈活的松鼠，跟隨一、二、一、二的答音，陽光下閃著漂亮的顏色。

　　樓上，夾帶違禁品的男同學們正發出歡呼。

　　我發現自己偶爾也想加入這樣的熱鬧中，但該怎麼做？

　　在硬皮書塔裡可以靠星彩，她雖然總是不假思索的亂下決定，但總能歪打正著——也許老媽說得對，她總嫌我愛亂想，很多時候直接去做就對了……

　　「嗨，那是什麼？」

　　我鼓起勇氣走了過去，很僵硬地問——希望這個問題不會讓他們覺得太蠢。

　　「『魔彈射手』。」忙著打電動的志中頭也不抬的回應，顯然正在緊要關頭，圍觀的人全都瞪大眼睛，聚精會神。

相差兩年的戰鬥

「欸，別跳那層，會摔死啦！」阿衛大喊的神情，讓我無法不想到他摔落硬皮書塔時的臉色。

「我也可以玩嗎？」我小心翼翼地問。

啊，心臟跳得好快，好擔心看到他們鄙夷的眼色，想趕快離開的表情……

「好啊，要等我玩完這輪喔。」志中的手指在盤面上快速的震動點擊，咬牙切齒的對螢幕裡的黑炎魔王抱怨：「可惡，可惡，怎麼還不死啊！」

「專心啦！」

「快把它一口氣破完！」

志中真的快贏了，黑炎魔王的血只剩半格不到，但真正讓我興奮的是另一件事！原來話只要說出口就行了！原來不是每次，我都得當遙遠的觀眾……

忽然，樓下一陣刺耳、尖銳的女聲，讓所有人都愣了一下。

「要死了！」志中哀嚎。

「不要管她，不要管她！」

但接著又傳來一聲不甘示弱的大吼，外加許多「問候親戚」的話語。一些辨認出那聲音主人的人，便同我跑近窗口，低頭向下望。

「真的是星彩耶！」

「旁邊不是三年級的『母老虎』嗎？」

「星彩還真敢耶，萬一被大寬學長發現了……」

在大宇，誰不知道那正和星彩對罵的三年級女生是誰？李欣文，訓導處的 VIP 值日生，聽說入學沒幾天，她的家長就曾被請到校長室喝茶，打破過往任何一屆的傳說。

不過她並不是最可怕的，可怕的是她的男朋友周大寬！大寬學長好比移動高牆，在大宇唯一能制得住他的恐怕只有鄧肥。他的力氣有多大？問問一年前和他籃球比賽的同學就知道，那看似不經意的違規動作，足以讓對手躺一個禮拜。

大家把這對稱為「大宇最危險夫妻檔」，絕對不能得罪，可這次星彩居然和欣文衝突！

　　我急急忙忙趕到一樓，卻不巧撞見欣文惡狠狠的背影。她一如往常甩著那頭染金長髮，巨大耳環在臉邊閃晃，不及膝的制服裙隨她罵人的姿態搖擺，但沒人敢多看一眼。

　　「這明明是妳不對！」和她對峙的星彩大喊，在星彩旁邊的美玲則低頭畏縮。

　　「欸！」手插腰的欣文也提高音量：「妳們做錯事怎麼還敢這麼大聲？」

　　「她已經道歉了。」星彩不甘示弱的回嘴：「不然妳還想怎樣？」

　　「沒怎樣。」欣文哼的一聲：「就妳們幾個，跟我去三年級走一趟啊。」

　　星彩一聽，下意識地護住其他女同學們。

　　「尤其是妳。」欣文如狼一樣的瞪向美玲：「我

東西掉了，妳還故意踩一腳，沒長眼睛喔！」她說完作勢要舉手打美玲。美玲從來在班上就沒與人發生過衝突，見對方這麼蠻橫，嚇都嚇傻了。

「就說繩子是不小心纏住妳頭髮的嘛！」星彩一急，嘴裡又失控的問候到對方老媽。

「沒禮貌的一年級！」欣文更生氣了，但還不敢在操場上直接動手，一來我們班人多勢眾，二來星彩比她還要高壯。

我縱使想幫助星彩，這時衝出去卻也未免不智。就算站在她們中間，又能做什麼呢？還不如等打鐘，如果運氣好的話，說不定會被師長發現，說不定她會被趕進教室……

但那天運氣顯然不好。

一個高大的陰影打斷我的期待。他一路走去，如入無人之地，兩邊同學見狀自動閃避。

那正是大寬學長，他挑染的紅髮在陽光下如同火

焰，嘻哈風的運動垮褲讓那張不馴的表情更顯乖張。

為什麼老師們還不出現？我四顧張望，心頭怦怦亂響。

大寬學長沉默地走了過去，站在星彩和欣文中間，斜眼看向兩人：星彩握拳提高戒備，欣文的臉上湧起笑意。

一瞬間，整個操場都安靜了。

「喂，妳。」大寬學長對星彩說：「妳很大膽喔，剛剛對她說那種話。」

我彷彿聽到自己毛髮悚然的聲音。

「她也說了。」星彩毫不顧忌的回答：「又不是只有我而已。而且我們很誠心的向她道歉，她還想打我同學。」

「那是妳同學欠打。」

他說，往美玲蒼白的臉上一瞪，後者害怕地縮成一團。

「一年級的。」大寬學長的聲音朝向星彩：「不要以為事情就這樣結束了。放學以後到停車場，瞭了嗎？」

大寬學長丟下這句後，便摟住「老婆」的肩，瀟灑地離去。操場上剩下不知所措的女孩們，還有臉上又紅又怒的星彩。

「星彩，不要去啦！」

女同學們紛紛勸阻，男同學們也沒人贊同。大家都知道，如果被高年級單獨約去「廁所」、「頂樓」、「三年級教室」或「停車場」，通常都會發生一些悲慘的事。尤其邀請人又是大寬學長時，發生壞事的機率更高達百分之兩百。

「不去的話我們全班都會被盯上。」星彩哼了一聲，依然是從容不迫：「如果你們怕的話，我自己去就好了啊。」

「告訴老師好嗎？星彩？」美玲問。

「告訴老師也未必有用吧。」星彩聳聳肩：「妳看，今天發生事情的時候，他們也不知道啊。」

「說不定是因為在忙啊。」我說。

「管他的。」星彩似乎對尋求外援這條路線完全不列入考量：「反正人家約，去就對了嘛，又不會死！」

那很難說。

好在下午從生物課到地理課結束，都沒人再提大寬學長的事。連星彩也不再談她一意孤行的決定，而是努力地抄襲美玲的數學習作。

大家是這麼有默契的讓這件事消失，包括我也是。因此在放學鐘聲響起後，我還故意問了星彩一句。

「星彩，今天要繼續寫嗎？」

星彩露出驚訝的表情：「你忘了嗎？我要去停車場找大寬學長啊！」

「別去吧，我們班根本沒有其他人要去，這樣很……」

她看出我的不安，反而豪邁地拍拍我的肩頭：「我去就夠囉。王子，明天再一起吧！」

　　星彩說完便離開了教室，獨自一人走向轉角的樓梯，留下我面對空蕩蕩的教室，和滿桌沒收拾的課本。

　　真是怪啊，明明去面對「魔王」的是星彩，但我卻比她還手足無措！而面對她危險的選擇，也只能看著，沒辦法做任何事？

　　不，不該這樣。

　　我三兩下塞好書包，便往樓梯的方向急奔：「星彩！星彩！」我大喊，即使已經看不到她，也不知道她走去哪了，依然一路大喊著。

　　樓下竟真的傳來回應：「嘿！王子！」

　　我又跳又蹦地趕下去，星彩就在出口那方──她是特地等我的！想到這點，心裡忽然有些愉快。

　　「嗨，王子，還有什麼事嗎？」

　　「我也要去。」我說，氣喘吁吁地：「妳總不會

想自己打塔上的國王吧？」

「哈。」她笑：「但你可是王子呢，王子的專長不包括打架吧！」

「總有……總有可以做的。」

我不確定自己是否真的擺出了認真的表情，但她看我的臉流露出驚訝與欣喜。

「既然如此，一起走吧。」

得到了這句話，比什麼都還讓人高興。

四下無人的停車場。

在星彩與我面前的是十來個比自己高大的壯漢，他們有的斜靠著車，有的直接坐在引擎蓋上，像盤據一方的森林野獸，符合所有不良學生的印象：染髮、服儀不整、凶惡的眼神、校外服裝……

強烈的怯意湧上我的心頭，我望向星彩，她卻絲毫沒有動容。

「你們班其他人呢？小瓜呆？」站在中央的大寬

問向我，他旁邊的欣文忍不住嘻笑。

「他們回家了。」星彩替我回答。

「回家了！」大寬學長大笑，其他幾個也跟著發出怪笑，欣文更是花枝亂顫：「所以你們兩個是代表囉，班長和副班長？」

我的臉頓時紅了起來，兩腿真想就這麼朝校門跑去。可星彩仍一臉不在意的回問：「有什麼好笑的？」

「就你們兩個，想要單挑我們全部？」大寬學長斜眼看向她，但那眼神此時與其說是報復，倒不如說是好奇，好奇我們的選擇。

「那打個折扣吧。」他朝左右比了個手勢，一個高個子和一個矮胖子立刻從引擎蓋上跳下：「我不想欺負人，你們自己選對手，一對一？」

唉呀！居然變成這樣！我看了看高個子，比我高出一個頭以上，如果上前來，恐怕連他胸口都打不到；矮胖子？雖然和我身高差不多，但那拳頭比我的腿還

粗！我恐怕連一下都挨不了……

星彩知道我的心思，連忙比了個退後的手勢：「他只是跟我來的，沒有要打。我一個人打兩個！」

所有人都訝異極了。

「這怎麼行！」欣文故意裝著嬌柔的聲音：「到時候人家會說我們只會靠人多。」

她儘管這麼說，卻顯然不是對我顧慮。那句反對恐怕只是純粹不想順星彩的意而已，但大寬學長似乎認真考慮起這個可能，皺著眉頭不發一語。

「好啊，那只要一對一，我打兩人的份就行了吧？」星彩拍拍拳頭，像演功夫電影似的神氣。她指向大寬學長，說出更驚人的話：「那我直接單挑你。」

大寬學長的雙眼發亮了起來。

真是不得了，難道星彩其實是武林高手嗎？大寬學長比她高這麼多，腰圍是她的三、四倍，拳頭跟半張臉一樣大，但為什麼她有這種單挑的自信？

　　大寬學長顯然也有同樣的疑惑，我猜，他已經許久沒被單挑過了。而現在居然有個女孩子想做這種不可能的挑戰！

　　無論如何，我為星彩的話感到徹底不安，怕學長一發怒，我們立刻變成出氣包——唉，為什麼老師和主任都沒注意到這呢？拜託誰趕快來吧……

　　然而出乎我意料的，大寬學長笑了，露出了非常開心的笑容。

　　「好極了！」他從靠坐的車上跳下時，車身明顯一震：「先說了，對女生我也不會放水喔。」

「不用你放水。」

星彩說完，真的朝大寬學長揮拳過去，但落了空，只打得旁邊紅色轎車的警報器嗡嗡亂響。

這女的真有膽量！我聽到旁邊的耳語這麼說，可反而更加憂心：星彩儘管揮了這麼多拳，但沒一拳能把對方打退，這證明她根本不是學長的對手……

「來吧！」大寬學長叫道，衝過來猛力揮拳——還好星彩閃過了，但她高高的馬尾就在學長手邊！我以為後者會伸手去抓，但奇怪的是，大寬並沒有這麼做。

他不想靠女孩的弱勢贏得比賽？不，或許是我把他想得太正派了，也可能是他根本沒注意到這點？

「揍扁她！」欣文凶猛的大喊，和剛剛的嬌柔判若兩人。

碰地一聲，星彩真的倒地了，我甚至搞不清到底發生什麼事。

「星彩！」我驚恐地跑向前，她跌倒時敲到手臂，磨破了皮，但更嚴重的是……

臉，她的臉被打得腫起來了，而且很痛苦的樣子，搗著右側一動也不動。我聽到欣文開心的亂叫：「繼續啊！繼續啊！」但大寬學長和其他人卻也站在原地不動聲色，甚至沒在此時乘勝追擊。

「別過來！」星彩搖了搖頭，居然又站起來，而且朝對手大喊：「喂！我還沒掛掉喔！」

「嗯，再一局喔。」大寬學長比出一的手勢，但那臉色已經不是剛開始時的凶惡或嘲弄。他一臉認真，收著拳頭緩緩上前。

星彩向對方直衝過去，左右快速的狂揮亂打，她毫無戰略，只有氣勢洶湧地大吼大叫。大寬學長這次也不閃躲，直接站上前給她打，而那些攻擊對他而言，彷彿不過是落在大牆上的雨滴。

「星彩！」我大叫，其他人也喊著大寬的名字為

他加油。

　　啪地一聲，星彩的拳頭被抓住了，另一隻手抓上前來，卻被蠻力扣住手腕。

　　大寬學長用力一推，她就向後一屁股跌坐下去。

　　「再打！再打！」欣文大聲鼓吹。

　　但大寬學長卻停手了。

　　他收起攻擊，改向星彩伸出救援的手，如大哥照顧小妹那樣地柔聲問道：「欸，需要幫忙嗎？」

　　星彩背對著我，我看不到她的表情，也聽不到那小聲的一句到底說了什麼。

　　她拍去塵土站起身，便快步朝校門口走去。我見狀連忙跟出，但她走得是這樣急切，沒有人能追上。

　　鐘聲，又響了起來。

5

深海女王

接著的一整晚，我都無法將想法由星彩身上移開。她的傷嚴重嗎？那樣率性離去時想著什麼呢？之後見面該怎麼辦呢……

　　「喂，我剛和你說早安呢！」

　　出乎意料的，第二天，星彩又回復正常了。她的聲音一樣充滿活力，沒有一點陰鬱，好像昨天的不過是件小事罷了。

　　除了她臉上的瘀青，沒什麼能證明那場打鬥的存在。當然，這引來班上些許騷動，不過她堅持那是自己不小心撞倒櫃子。反正同學們知道真相的也不敢多問，老師們則被那晴朗的笑臉說服，信以為真。

　　「妳真的沒事嗎？」下課時我仍不放心地問。

　　「沒事，沒事。」她別別手，顯然不想繼續這個話題：「對了，下午國文課老師是不是要檢查之前寫的？」

　　「妳覺得要給陳老師看嗎？」

「有什麼不好？」

說得也是，我點點頭，事實上是有點期待看到陳老師的表情呢！

這樣她就是我們的第一位讀者！

本來這樣的期待應該繼續延續到下午的，可中午突如其來的插曲，卻讓我無法專注在《新世界》上。

那發生在吃飯時間，當大家三五成群的找朋友併桌吃飯時，我卻發現星彩獨自一人穿越同學間，走出教室。

有了昨天的經驗，我立刻擱下便當跟了出去。她逕自爬上四樓，沒經過別班教室，絲毫不耽擱的繼續走向頂樓。

不是找別班同學嗎？我有些吃驚。

星彩去頂樓做什麼？

我沒跟著走上去，而是躲在四樓，偷偷注意頂樓

平台的動靜。隱隱約約，有兩三個不同的腳步聲。

「幹嘛叫我上來？」星彩問，語氣不很友善。

「沒。妳昨天還好吧？」回話的竟是大寬學長！

星彩怎麼又和大寬學長見面？這不是很危險嗎！

「又不是沒被打過。」星彩似乎也懷有戒心：「今天還要繼續？」

大寬學長給了意料之外的回應：「不。倒是妳放學以後有空嗎？我和幾個朋友要去唱歌，一起來嗎？」

「唱歌？」星彩懷疑地問。

「欣文不會來。要去嗎？」

聽到這裡，一種不舒服的感覺忽然湧了上來，我想也不想地離開了那裡。

真奇怪，明明大寬學長昨天還像流氓似的，今天怎麼就變了個人？一定是假的，一定另有目的！

但當我落寞地回位子時，卻發現自己真正關心的是另一個問題。

星彩到底會不會答應呢？

她整個午休時間都沒回到位子上，因此沒能回答我。直到午睡時間結束，那張臉才笑嘻嘻地出現在我面前。

「喂！睡美男！」她戳戳我：「快，給老師看看我們的『大作』吧！」

不知是睡昏了頭，還是怎麼的，我竟沒先問起中午的事。或許看到她的笑臉，就覺得一切都沒問題吧。

「真是太厲害了。」陳老師看著我們的作品，以一種奇妙的聲調說：「你們一定要把這故事完成，這可以刊在校刊上！」

對於兩個作業分數從來敬陪末座的人而言，這樣的評價就和奇蹟一樣。

「哈，我就知道這很棒！」受到老師誇獎，星彩也信心十足：「多虧你喔，王子，如果沒有你，這故

事真寫不下去呢！」

　　我覺得耳根紅了起來，不知道星彩注意到沒。

　　「還是趕快寫完接下來的故事吧。」我連忙轉向我們的正題：「這堂課該寫結局了吧？」

　　「不。」星彩說：「我想好了，我們寫完了陸地，然後再寫海洋，最後還要有天空，才能結局。」

　　「也是，這樣才是完整的新世界呢。」

　　於是這就是海洋的起點了。

　　「就這樣直接衝到海底去吧！」Star 說：「那裡必定有另一座王國在等待我們！」

　　「但我們怎麼從天空上找到它？」我提醒她：「海這麼大，總不能隨便亂找吧？」

　　「想這麼多幹嘛？」她拍了拍魟魚：「我們可在魚背上呢，牠們一定知道位置的！」

Star 說得沒錯，魟魚各個都有極佳的記憶，牠們從不迷路，且總是能找到回家的方向。

　　在一個雲霄飛車式的俯衝後，牠們穿越冰涼的白沫與藍浪，往無光的深處直直前進。王子才正準備要擔心在海中會無法呼吸和溝通，卻立刻發現一切和岸上沒有兩樣。

　　「這裡真暗！要是亮起來就好了。」

　　Star 說完，明亮的藍色光芒便由那幽暗的前方湧現出來。那股光不搶眼，卻有一種透明、溫暖的感覺。四周各類魚兒不管大如堡壘，還是小如指尖，紅色黃色，或者銀青紫黑，全都被此吸引朝同一方向游去，如歸航的船追尋燈塔的光。而那美麗的光源，正是……

　　「海底王國！」我也忍不住驚嘆。

在魟魚的護送下，海底王國廣大的範圍緩緩浮現，那裡有湛藍的樓房、碉堡與大道，中央的寶藍宮殿散發螢亮的光影，八柱高貴塔樓頂上發出一閃一閃的光，如同科幻片中的未來建築。沒有重力拖累，我們像宇宙中的飛行員一般不受拘束，穿梭其中。兩旁，是成群結隊的大小魚兒，正來來回回打量我們。

「看！還有小管呢！」Star 不客氣地說：「爸爸最喜歡吃那種。」

那些被點名的連忙驚慌走避，還真怕被一口吃了！

我們落在中央宮殿前，宮殿拱形的透明門緩緩開啓，巨大海馬與鯊魚們莊重肅穆地羅列游出，分立兩旁。在牠們引導下盛大登場的，是一個熟悉的壯碩面容。

「鄧肥！」Star 彷彿看到剋星似的尖叫。可不是嗎？那張臉確實就是鄧肥啊！只是……鄧肥肯定沒有

八隻手，也沒辦法邊前進邊行禮，邊整理服裝。

「我是海底王國的國王『海神』。」他向我們鞠躬：「歡迎兩位地上國王到來。」

「原來海神不是龍，而是章魚啊！」Star 偷偷嘲諷道，但令人驚訝的是，對方聽了只是笑笑。

看來這位海神和鄧肥雖是雙胞胎，但性情顯然不同：他肥胖的臉上堆的橫肉也因為笑容變得不可怕了。當聽完我們的介紹後，甚至還張開大手迎接，讓原本戒備的 Star 也放下心防，投以懷抱。

「從沒有其他國王來過這裡。」海神熱切地與我握手：「我們海族會努力招待，如果有什麼不周，請務必告訴我們。」

「招待！那我想吃海鮮大餐……」Star 一聽，立刻口無遮攔地說。

兩排衛兵嚇得瞪大眼睛，連海神都露出驚訝的表情。

「妳來海底還想吃牠們的居民喔！」我瞪了她一眼。

「也不是不行。」出乎我意料的，海神居然這麼回答：「只是，我的『魚』民沒有職掌範圍包含『犧牲』的，可能要先修法……」

「不用修法啦，開玩笑而已。」Star 看海神這樣嚴肅以待，只得連忙改口：「不過，什麼是『職掌範圍』？」

職掌範圍，是所有海族賴以生存的最重要依據。

由於海底王國魚數眾多，職業分工也變得相當細膩，因此呼應職業，法律也規定了各個魚民的職掌範圍，不能輕易跨越：好比切海帶的廚師，就得一輩子切海帶；洗水草的園藝師，就得一輩子洗水草。

當然，這樣精密的分工如果等長大才決定就來不及了，因此海底王國的居民，都從上小學時，就已經

決定自己未來一生的走向。

　　有的人會覺得這樣的限制很麻煩，不過大部分的海中生物都很習慣這種分配，牠們習慣過這種日子，唯一害怕的就是中間有人弄錯職掌範圍——因為只要一條魚做錯事，全海底王國都會出問題。但好在牠們一生多只要精通一件事，所以也少有錯誤。

　　「只要每條魚從小認清自己長大要做什麼。」海神說道：「一切就不會有錯。」

　　「這句的口氣就很像鄧肥本人。」Star 偷偷在我耳邊說：「你記得嗎？每次開朝會他都會說……」

　　「『你們要用腦袋生活，別糊里糊塗過日子！搞清楚自己以後要做什麼！』是這樣嗎？」我小聲地模仿。

　　「對，對。」Star 笑道：「看不出你滿會學的嘛！不過我更常聽到的是『周星彩，妳怎麼都不用腦

呢！』」

明明游走在「鄧肥」身後，卻能這樣討論他，說實在也是難得的經驗呢！

「我請本國最好的導遊帶兩位四處參觀。」海神向遠邊招了招，立刻有兩隻一白一黑的海馬聽令前來，一同行禮。

「哈，你當白『馬』王子的機會來了。」Star 朝我比了比。

「白領與黑領，我國最好的導遊。」他說：「牠們一定能讓兩位印象深刻。」

　　國王說的很對，這趟旅程確實讓人印象深刻。在還沒來海底以前，王子從不知道世界上有這麼多東西都可以如此細分：好比魚書店和鯨書店就大不相同，鯊餐廳與蟹餐廳又是兩回事，彼此間顧客不相往來，賣的貨品也大異其趣。

「這世界就是如此，什麼都得靠分類。」白領說道。

「但分類太細反而很麻煩啊。」Star 對白領的話似乎頗不以為然：「萬一不知道分到哪類怎麼辦？」

「確實有時會發生這種事。」黑領接話道：「但妳總不能期望吃的用的都在一間店裡找齊吧？」

「在陸地上，我們的雜貨店就是這樣啊。」我說。

白領與黑領睜大黃色的眼，露出驚訝的表情。

「恕我直言，那在海底是行不通的。」白領搖著胸前那對小鰭：「職掌範圍混淆是非常危險的事：之前就有過蝦老師到鯨學校代課，結果被吃掉的新聞。」

「職掌範圍混淆不但違法，還會丟掉小命！」黑領點點頭。

Star 和王子參觀了各種場所：餐廳、魟魚機場、辦公大樓、海底列車站，不過最讓兩人感興趣的還是

魚類學校。各種魚類依照色彩、體型分班，於是紅歸紅，藍歸藍，大歸大，小歸小。校內沒有制服，也沒有名牌，但天生的特徵比那些更能明顯的指出那學生屬於哪一班，未來要做什麼。

好比這堂課正在教的：我的未來。

「各位。」青鮒老師問牠的學生：「說說你們未來要成為什麼吧。」

讓人吃驚的是，全班居然都異口同聲的回答：「我們要成為守法的海底居民。」

「非常好。」老師面對上百位學生繼續問：「那麼你們的工作是什麼？」

「海底通訊員。」學生們齊聲高喊。

「簡直是洗腦嘛！」Star 吃驚的對我低聲說道。這個舉動吸引了旁邊一條學生的目光，而牠小小的不專心，竟立刻被老師的明眼發現了。

「No.495553 ！」老師一喊，那分心的學生便立刻向上游表示回應。

「爲什麼你不顧好自己的職掌範圍？」老師問道：「你難道不知道自己的身分嗎？」

「報告，我知道，是學生。」

「那就表現出學生的樣子。」

Star 和我被老師的嚴厲嚇了一跳，爲了避免害其他學生受罪，只好快步離開這個校園。

「學生的樣子？」Star 很不滿的學那老師的魚嘴抱怨：「牠學生還不像有學生的樣子？牠一定沒看過大宇的課堂！」

「不過學生的樣子爲什麼一定要呆板成那樣？」我也很懷疑。

Star 和王子決定好好問問海神。

於是不久，當他們在黑領、白領的帶領下進入深

海氣泡內的餐廳，與海神再度會面時，Star 直接地詢問了學校內發生的事。

「海神大人，你們的學生這樣太可憐了，牠們難道只能被迫回答一樣的答案嗎？」

「喔，親愛的 Star，妳覺得學生可憐，但其實不然呢。」海神微笑地回答：「今天你們看的只是一部分而已，我們其實還有許多幫助學生肯定自己的課程。」

他繼續說道：「通過那些課程，牠們會對自己的工作產生強烈的熱愛！絕對不是『被強迫』的！」

「欸？」Star 愣了一下：「那不會有學生想做別的事嗎？」

「起初會有。但上完課後就不會了。」海神得意的說完，有些疑惑的向廚房望：「唉呀，倒是我們的菜怎麼還沒來？鯧，妳去廚房看看——這是妳的職掌

範圍沒錯吧？」

「是的，殿下，我這就去看。」

幾分鐘後，鯧、蝦廚師和蟹服務生都過來了。

「抱歉，殿下。」鯧向我們鞠躬說道：「負責準備我們這桌的廚師生病請假，目前沒辦法來。」

「唉呀，怎麼不早說呢？」海神露出一臉不滿。

「喂，這裡不是還有個廚師嗎？叫他頂替啊。」Star 指著穿著廚師服的蝦說道。

「不行。」蝦廚師說：「這不是我的職掌。」

「又是這句！」

我能理解 Star 此時的不滿。錯不在讓我們等了多久，和最後沒吃到大餐這點小事，錯在每一個人的身上！這裡的居民怎麼願意過這種生活？像機器人一樣，只做自己的事，過被決定的日子？難道一點點的改變，一點點的不守規矩都不行嗎？

當最後回到中央寶藍宮殿的八柱客房，卻發現屋

頂破了大洞時，飢餓的 Star 終於受不了啦！

「這裡不是皇宮嗎？」她失去耐心的對海神大聲質問：「明明外頭看起來這麼漂亮！裡面卻是『透天厝』啊！」

「很抱歉，兩位。」海神依然有禮貌的回應：「自從上一任維修員退休後，牠的工作就沒有人接手。」

「所以這是沒有人的職掌範圍？」我問。

「暫時沒有。」他點點頭，似乎習以為常的說道：「等新的維修員畢業後，我們會有一群專屬的。」

忽然他們的頭頂嗡嗡作響，巨大烏賊群正巧由上方飛過，海波傳來的騷亂將坑洞邊緣震動得碎塊直落。要不是 Star 出手拉了王子一把，他鐵定會被碎石敲到腦袋。

「好險！」我看著滿地碎石，忍不住大叫。

「這裡太亂七八糟了！」Star 對驚魂未定的我說道：「我要改變這一切！」

　　然後，她便毫不客氣的對海神說：「你說過，有什麼招待不周的都可以告訴你，對吧！」

　　「沒錯，請說？」

　　「好，那你現在開始聽我的！就當我是海底女王！」Star 發號施令道：「首先，到城裡隨便找幾個維修員來補屋頂！」

　　「不行，一般維修員的職掌範圍不包括宮殿。」海神立刻拒絕：「只有宮殿專屬的維修員才能修復這裡。」

　　「那你要違反自己的話囉？」Star 凶惡的問道：「『得罪地上國王』是你的職掌範圍嗎？」

　　海神被這麼一問，竟不知如何是好的呆在原地。

　　「這……」海神的胖臉上眉頭緊皺：「我是可以下個暫時的命令……」

「好啦！那快做吧！等你的好消息喔！」

Star 說完以後哈哈大笑，帶著勝利的表情走出宮殿。

「這只是個開始！」Star 說道：「接下來我要讓牠們知道『不守規矩』的重要！」

「不守規矩？」王子先是詫異，思索了一下，也頗為認同的點點頭。

他們離開時經過了一隊正要進入宮殿的各式魚群，五彩繽紛，有大有小，只有一個共通點——拿著維修工具。

「真期待看到牠們的成果！」Star 嘻笑道。

他們來到了深海氣泡。

「叫你們店裡隨便一個廚師來。」Star 不客氣地斜坐在椅子上翹起椅腳：「然後隨便做一些料理過

來！」

蟹服務生聽到這樣無厘頭的要求，震驚到一雙小眼都給拉直了：「抱歉啊，大人，我們做菜上菜都是有規矩的。廚師們的職掌範圍⋯⋯」

乓的一聲，Star 故意將椅子重重落回地面，摔出一堆氣泡，將左右顧客們都嚇得閃避。

「叫你們做就做！我可是國王！」她假裝凶惡的說：「就算是一盤沙拉也行，還不快隨便亂做！不然⋯⋯」她說完，比了個殺頭的手勢。

看著服務生驚慌失措的背影，我忽然有點小小的罪惡感⋯⋯不過很快又被 Star 的開懷大笑給掩蓋：「這些傢伙居然不會亂做？真要笑死人了，要是比這個，我小學時就比牠們強！」

不久後，那一大盤「隨便亂做」終於出現了——飄散奇妙香味的奇異沙拉就這樣出現在我們面前：最頂上平鋪亂七八糟的三色海草，左右裝飾的珊瑚東倒

西歪；顯然沒協調好的裝飾沙拉，從左邊的方向看來是波浪型的，可到右邊時卻忽然變成鋸齒狀了。紅褐、金黃、鮮綠和透明四色交雜，整盤菜像萬花筒似的。

「太對不起了。」服務生猛力的鞠躬道歉：「三位大廚是頭一次做這種事，結果居然做成這副德行！請再給我們一次機會，點牠們職掌的拿手料理吧！」

廚房內此時傳出連續甲殼對撞的劈里聲——真糟糕，看來大廚們因為這道菜起了衝突，大打出手了。

「慢著，別推回去。」Star 阻止服務生正想做的事，迅速朝盤內挖一大口：「嗯，好吃！這就是我喜歡的！你們做得非常好！」

服務生受到這種突如其來的讚美，驚愕到不知所措。廚房內，鍋碗瓢盆摔落的聲音仍響個不停。

當興高采烈的享用完這盤即興演出後，Star 告訴王子她的計畫。

「接著是重頭戲，王子。」她眨眨眼：「你想想，該怎麼做才能讓所有魚民別再只當『某一種人』？」

　　「那得要所有人都知道自己可以選擇才行。」王子回答：「但牠們從小就不知道呢！」

　　「那就讓牠們從小知道吧！」

　　Star 和王子於是返回學校，令校長把所有學生叫到操場。

　　不到五分鐘，千萬條魚便從教室各處蜂擁而至，走向各自的位置。

　　「一年一班黃色大型魚排這裡！」一位老師大喊。

　　但 Star 在司令台上聽到卻立刻阻止：「沒有關係，老師！讓所有學生愛站哪裡就站哪裡！」

　　此語一出，不只台下的老師們傻眼，就連學生也各個目瞪口呆——這可能是這些守規矩的魚兒們聽過最不規矩的指示了！許多魚兒當真走出隊伍，散亂的

插隊、亂逛。礙於 Star 的要求，老師們看了也只能瞪大魚眼，傻在原地，不知該阻擋好，還是該睜一隻眼，閉一隻眼？

「各位同學！請看這裡。」Star 揮著手招搖：「我有很重要的事想問你們。」

她拿著貝殼擴音器對場上所有人大聲提問：「你們喜歡從小就被決定這輩子要做什麼嗎？你們覺得每個人只能做自己職掌範圍內的事嗎？」

眼見魚群們仍在驚嚇狀態，她於是繼續加強語氣：「各位，你們想過，自己真正想做的是什麼嗎？」

她的聲音震盪在海洋不穩定的流動之中。魚群們在這問句後的衝擊中震撼，呆呆望向司令台。

「女王大人，牠們聽不懂的，我們之前沒教過……」校長連忙跳出來解釋，卻反而被 Star 打斷。

「別管那些莫名其妙的規定了。」她大喊：「總有些事是真正讓你快樂的吧？不然也總有些地方是真

正讓你快樂的吧！」

　　我忽然想起 Star 對守門人說的話，她說想找能讓人真正快樂的地方。

　　所以這些問題，也是她內心的疑問嗎？

　　忽然，一個小小的、細微的聲音，在沉默的魚群中浮了出來：「其實……其實我不想當醫生，我比較想當音樂家。」

　　老師們聽到這宣言時沒有不張大魚嘴的，但 Star 卻鼓起了掌：「很好，還有呢？」

　　一個細長的魚接著說：「我想當籃球選手，但大家都叫我當司機。」

　　就連燈籠魚也開口了：「我不想負責照明，要是能當髮型設計師，我想為自己換造型！」

　　響亮的掌聲如波浪般湧了上來，更多聲音也同時被引爆似的遍地四起：

　　「我想當城堡設計師！」

「我想當廚師！」

「我想當老師！」

那些學生越是說出內心的話，水波中的震盪也越是激烈。而我，到這時才赫然發現，原來魚也是會笑的。牠們笑時前俯後仰，波動的千百種繽紛色彩閃閃發亮。

「大家安靜！安靜！」校長和老師們大聲制止：「太可怕了，一點也沒有學生的樣子！」

「不！這才是牠們真正的樣子！」Star 舉起擴音器高聲反駁：「你們聽聽吧！這才是學生們心中的想法！」

我也跟著登高一呼：「各位，不要害怕，找出那件你真正想做的事吧！」

「找那件會讓你真正快樂的事！」Star 大喊：「不要只聽別人的話！」

興奮的學生們衝向空中歡呼，彷彿策劃著未來不

深海女王

可預期的大冒險！牠們不再帶著教室中死魚眼，變成活跳跳的一群，恢復了真正的自己⋯⋯

「所有人給我安靜！」

忽然，一個嚴厲、粗魯且熟悉的聲音從校門那頭響起。Star 和我一聽，下意識地立正，閉上嘴巴。

是鄧肥？難不成真正的鄧肥也來了！

那張怒氣沖沖的臉一路衝了過來，Star 看了不禁有些退卻——不過在看清對方有八條腿後，立刻又站穩了。

而我就沒那麼樂觀，看看海神背後，那些鯊魚侍衛可不是各個虎視眈眈？

「看看你們，把我的王國變成什麼樣了！」臉冒青筋的海神指向中央寶藍宮殿：「變成那種樣子，還能看嗎？」

Star 和王子向他指的方向望去：原本屬於宮殿的

八柱塔居然都不見了，取而代之的是混搭名勝古蹟的奇妙建築——它有台北一○一的高塔，雪梨歌劇院的帆船頂，還有羅浮宮透明金字塔的側面……沒想到這些名勝古蹟居然能在這裡全部聚集，而且看起來既雄偉又藝術化。

「會很難看嗎？」Star 聳聳肩：「我看還不錯啊，比之前呆板的宮殿好多了。」

台下的魚兒們也望向那方向發出贊同的驚嘆，有些甚至拿相機趕緊留念，但這澆不熄海神的怒火。

「你們還讓氣泡餐廳的主廚打架！」海神繼續咆哮：「強迫牠們胡搞，砸了自己的招牌！」

「但我們覺得很好吃啊。」我也幫著辯解：「那是我吃過最美味的料理。」

海神聽了依然一臉否定，並嚴厲地指向眼前上千位學生：「那你們怎麼解釋這些？居然灌輸牠們這種

可怕的思考！我告訴你們，在海底王國，沒有人能違反職掌範圍……」

「胡說！」Star 故意朝他擺出鬼臉。

「妳膽敢這樣無禮！」「鄧肥」勃然大怒，八肢並用的大步向前：「妳違反了法律，我要逮捕妳！」

海神一聲令下，身後的鯊魚侍衛立刻衝上前！

但 Star 不但不怕，還大笑了起來。

「你錯了！海神！違反法律的是你！」她大膽地指向對方：「『逮捕』不是你的職掌範圍！只有警察才能逮捕！」

海神大吃一驚。

所有的侍衛頓時都傻眼了。

「發什麼呆，還不快逃。」Star 趁機回頭對我說：「再不逃可真要被逮捕啦！」

我恍然大悟，原來 Star 早計畫要這麼做了！

「沒問題，跟我走。」王子對 Star 說：「到深海氣泡！」

　　Star 連忙推開魚群率先快泳竄出，一手拉著王子，左鑽右竄奔向深海氣泡。高壯的侍衛們個頭太大，本就不擅長穿梭，再加上學生們的牽制和掩護，令牠們在原地動彈不得。

　　而 Star 和王子則一路闖到深海氣泡。王子向堆疊的氣泡望去，左右觀察，最後指向尾端那一人大小的氣泡：「到那裡去，我們想辦法把它分開！」

　　「從外面游上去比較快！」Star 看了看身後追兵，連忙拉著王子划水而上。

　　可還是慢了一拍，鯊魚們來勢洶洶，又極擅追逐，很快就迎頭趕上。王子看到左右兩邊包夾的鯊魚利齒森森地張開，忍不住雙手發顫；Star 的情況也十分危險，她慌忙躲避一次又一次的撕咬，令氣泡內用餐的大魚小魚見了，無不驚聲尖叫……

深海女王

哐噹一聲，鯊魚不知撞上什麼，沒來得及躲過，便向後摔了下去。

　　「白領！黑領！」Star 欣喜的認出拯救他們的魚民。

　　「導遊的職掌範圍也包含這個嗎？」我向牠們打趣道。

　　「當然，最新加入的。」白領擺開架勢：「拳擊導覽！」

　　「快走，我們會幫忙爭取時間！」黑領說道。

　　Star 和王子沒忘記在臨走前回顧這兩位有義氣的朋友一眼。而後，他們直奔氣泡之頂，抓住左右兩側，施力轉磨。

　　嘎吱的玻璃刮裂聲從底端傳來，引起底下的一團騷動。「小心！」Star 提醒，兩人於是減緩力度，平衡地轉動氣泡中反射的影像。

啵，一聲富彈性的響音傳來，同時，氣泡解開拘束的漂浮起來！

「好耶！」

他們一面旋轉，一面被氣泡帶動向上漂浮。Star隔著氣泡看到被魚群包圍的海神時，還不忘對他眨眨眼。

但恐怕對方是看不到了，因為他們的速度是那樣輕快，沒有魚追得上來。深紫於是轉為湛藍，湛藍又轉為輕藍，一眨眼，便回到充滿著陽光的水面，將氣泡照耀的七彩發光。

「上升，飄上去！」

彷彿聽懂了 Star 的指示，氣泡真的嘩啦一聲突破水面，牽著水滴，飄晃著向上飛翔。

向上，不斷向上旋轉，飛翔。

「接著去哪好？」王子問。

「該看看天空了！」

鐘聲也正巧在此時響起。

「哈，第一次在課堂上完成作業！」星彩想了想：「應該也是我第一次能準時交作業呢。」

我頗有同感地笑了。

「星彩，乾脆放學後一口氣寫完吧！」我興沖沖地提議，可她居然搖了搖頭。

「今天不行。」星彩微笑道：「我跟別人先有約囉。」

是這樣嗎？

我忽然覺得胸口中被什麼東西給哽住了，為什麼？她明明帶著微紅的溫暖笑意，卻像對我澆上一盆冰水。

闔上剛完成的部分，真有種現實與幻想混亂的錯覺——故事中的 Star 只有王子是她朋友，但現實中王子的朋友卻只有星彩。

直到放學的前一刻，我都幻想著星彩會忽然放棄，

或至少邀我一同前去。但天不從人願，當時間終於來臨，她仍然帶著雀躍，頭也不回地赴約去了，只留下一聲「再見」。

6

現實生活中出現王子？

之後那些事要都是玩笑就好了。

星彩出去「約會」的事，沒過一天就傳遍大街小巷。是因爲星彩對那些該敏感的問題應對的太不敏感嗎？還是有些人刻意在當宣傳車？也許二者兼有。總之，三天以後，星彩和大寬學長的最新發展便成爲每日焦點，即便是像我這樣沒什麼機會和同學交談的人，也能從耳聞的隻字片語中組合出她和大寬學長的每日行程。

我對星彩結交新朋友沒有意見，可爲什麼對象非要是大寬學長？真是太莫名其妙了！他們原本不是應該大打出手嗎，怎麼一夕之間就變成超級好朋友了？

對大寬學長有意見的不只是我，就連美玲她們，似乎也對這唐突的改變議論紛紛。畢竟有了先前的事，自然會敬而遠之，以策安全──然這些提防，卻也或多或少地使她們開始與星彩保持距離。

至於星彩本人？她是不會在意這種小事的。她是

這樣明快開朗，絲毫不怕別人對自己的疏離。反正如果在班上找不到樂子，到三年級那頭去也無所謂。

只是當她開始往操場那頭的三年級跑時，待在班上的時間也就越來越短。

大家都說，星彩加入三年級那票流氓了。

星彩要真變成混混，我以後又得孤單一人了——說實在的，這想法已經讓我擔憂到無法專注做任何事。因此，當那天下課後她興致勃勃地走來時，我心裡是格外開心。

「你看。」她興奮地亮出手上的指甲，十指鮮亮的色彩讓我目不轉睛：粉藍的活潑底色，邊緣雕刻細緻的雲紋，還點綴了晶亮水鑽。當雙手併攏時，遠遠看去正彷彿星空一般。

「漂亮嗎？」星彩不斷把手前後翻舞：「學長送我的生日禮物喔！」

一聽到那兩個字，我剛要出口的稱讚便又吞了回

去。

「不是還有四天嗎？」我說，聲音是如此掃興，連自己也不禁訝異：「這種人真會找藉口。」

「找藉口有什麼不對的？」星彩果然因我這桶冷水流露出明顯不悅：「我覺得很好看啊！」

沒得到預期的讚美，星彩失望透頂。那之後一整天，我們都沒再說一句話，自然也沒繼續探索《新世界》。

但真正失落的是我，星彩才不孤獨。她少了我，身邊還有這麼多新朋友；至於我，便什麼也不剩了。

第二天中午，我看到星彩和大寬學長走在操場的紅跑道上。

她還是一如以往的活潑快樂，比手劃腳地談天說地，但我知道，有些事物已經變了。某種感受得到，卻怎樣也說不出來的東西，讓我的朋友，在短短幾天內，便走到了那麼遠的地方。

到底什麼時候她才會回來？

「星彩，放學以後有空嗎？」下午，我刻意問道。

「今天不行啦。」她搖搖頭：「我跟人家約好去看電影，是《飛天傳說》喔，還是你想一起來？」

「一起來」這三個字讓我震撼了一下——這可是星彩頭一次邀請我呢！

但一想到大寬學長那幫流氓，我依舊搖了搖頭。

「是嗎？真可惜。」她嘴上這麼說著，臉上卻沒什麼失落的表情。我想，她八成也預料我會拒絕吧！

但我們怎也沒預料到，這件事竟變為可怕的導火線。

隔天早自習，我一腳才剛離開樓梯間，便看到班級牌下聚集了十來個裝扮誇張的女生。但真正令我驚訝的，是那張與我正對的熟悉怒容。

星彩？我正打算開口問，可發現她顯然無暇抽身，只能以餘光回我一眼。當我走近後，才注意到圍堵她

的全是三年級的學姐，其中最為醒目，開口滿是粗話的不是別人，正是大寬學長的「老婆」欣文。

我連忙進了教室，希望找到救援——可班上同學不但沒人理會外頭的騷動，還一臉等著看熱鬧的樣子。

「嘖，元配來抓外遇了。」不知哪個傢伙說：「兩個老婆耶，真好。」

「你羨慕喔？自己也去找啊。」另一個聲音偷偷摸摸地笑道：「外面還有好幾個咧。」

這是什麼話嘛！

我真想把那些開口說閒話的和三年級一起趕下樓去！但……唉，想想就好了。要真的去做，恐怕會被當場圍毆……

不過，她們究竟在吵什麼？

正這麼疑惑時，欣文高亢的怒罵響徹全班，回答了我的問題：「周星彩！妳昨晚為什麼和大寬去看《街頭情人》？」

欣文耳上兩個大圓鐵環招搖地閃，如同那囂張的罵姿一般得理不饒人。

「不然要看什麼？《飛天傳說》的票賣完啦。」星彩很不服氣的辯解：「如果有別的可挑，我也不想看愛情片！」

「還挑不挑咧！」欣文聽了尖叫：「妳這是在裝傻嗎？我問妳，為什麼會和大寬去看電影！說啊！」

「當然是他請我去的啊！」星彩也大吼回去。

雖然用極不搭調的方式講出了這句話，但卻顯然在空中引爆了類似核彈的效果。欣文的聲音停頓一會，沉默到比咆哮引起更多的注目。她的表情僵直，如同扭曲的雕像。

瞠目結舌，沒比這四個字更能形容的了。

「妳……妳……」她直直地指著星彩，脹紅了臉，然後爆出一串非常不雅的詞彙。受到激怒，星彩握緊的拳頭也一口氣高高掄起，旁邊三、四雙手連忙衝上

前抓。

「哇，老婆間的決鬥！」有人驚嘆。

但我可沒心思開玩笑，對方這麼多人，班上的人又全都見死不救，星彩可是一點優勢也沒有！除非⋯⋯

我才剛下定決心站起身，一個粗獷的聲音便遠道而來。

「小欣，妳來這裡做什麼？」那聲音嚴厲地問。

教室內所有人都立刻將眼神收了回來。

是學長！事件的主角居然在此現身了！

「妳幹嘛來鬧一年級的？」他的聲音充滿責難，讓欣文和她朋友們原本戰意高張的怒火瞬間熄滅。

「沒有啊，我只是⋯⋯」

「只是怎樣？」

「只是⋯⋯」欣文說著說著，忽然語調變了，變爲低聲的啜泣。

天啊！強勢的母老虎欣文，大宇可怕的傳奇人物，居然會哭！

　　「好啦，先回去吧。」

　　丟下這句，摟著欣文離去的大寬學長，在臨走前看了星彩一眼，但沒說什麼。

　　至於後者，似乎依然氣憤難平，她走進教室後嘎地把椅子拖開，一屁股坐下，就這麼一路趴睡到上課，沒理睬過任何人。

　　如果用經典的童話譬喻，大寬學長便好比王子，星彩是白雪公主，欣文則是不得寵的壞皇后——這不是我發明的，而是那件事後班上通用的暗號。老實說，我並不喜歡，因為從此以後，當同學們興高采烈地談論起「王子」時，指的再也不是我，而是距離我們明明那麼遙遠的學長。

　　「那女的是神經病！」星彩向我抱怨：「我只是

跟學長出去玩玩而已，她就這樣亂叫亂跳！」

「因爲是妳說學長『請』妳去嘛。」我也忍不住懷疑星彩的遲鈍：「欸，星彩，你們看電影時有分開付錢嗎？」

「連你也在問電影的事啦！」星彩很不愉快地回答：「合起來啦！他幫我出啊！」

我喔地答了一聲——可能露出了讓她在意的表情，不然她的語氣不會忽然一轉：「只是吃吃飯、唱唱歌、看看電影，應該還好吧？」

「大概吧。」

一點也不好。

不問還好，知道答案後反而更讓人在意了——算了，我在想什麼呢？星彩從來就只有把我當普通朋友啊！也許對她而言，真正的「王子」真的是……

一個聲音忽然從窗外中斷我們的話題：「周星彩，妳來一下。」

說曹操曹操就到，在第一個窗台外的正是欣文。

我們不約而同的倒吸了一口氣。

好在這次她一個人前來，那張面無表情的神色似乎比昨天冷靜多了。只是一雙眼睛又紅又腫，看來她昨天不怎麼好過。

「皇后來了！」我彷彿聽到好幾個教室內的聲音這麼說，但星彩和欣文都沒理會。她們專注地瞪著對方，彷彿獵人與獵物，都在極力隱藏自己的想法，企圖取勝。

但星彩就是星彩，她一向不耐煩打對峙戰。當欣文主動地比出要求談話的手勢後，她便快步走了出去，與對方一同前往樓梯間。

我心中很擔心，立刻跟上前去。但深怕擦槍走火，又不敢緊追，只好隔著熙來攘往的人聲，隱約打聽兩人間斷傳來的話語。「沒有那回事」、「誤會澄清就好」、「他都已經告訴我了」……老天，這簡直是八

點檔才會出現的台詞嘛！

但看來事情總算往比較好的方向發展了。

兩人腳步始終沒停下來，她們一路談話，一路朝頂樓走去，直到通往露天平台的鐵門口。

在那鐵門外，陽光雖明亮，外頭的風卻冷冷灌入。我在距離她們半層樓遠的地方停下，之後是一陣小聲細語，但聽不出在說些什麼。

彷彿一切回歸平靜。

驚人、突如其來的尖叫！

我衝上樓，正目睹她們站在樓梯邊緣拉扯。她們雙手直搥打對方的身體，指尖撕扯敵人頭髮，腳還不時亂踢亂踩。星彩的臉被抓出四條血痕，欣文的頭被拉去撞了好幾響牆壁！她們表情扭曲，凶暴如兩頭惡犬。

「住手！老師來了！」我大喊，但沒有用，我想這時就算鄧肥真的出現，她們也不會放手。

我不敢隨便上樓，四顧張望，卻居然沒人幫忙！

雙方的扭打還在持續，但勝負已經明顯：欣文在力氣上的弱勢，讓她不斷被擠向邊緣。

「好了，夠了！星彩！」我大喊。

但星彩已經打到忘我，她憤怒的、粗暴的胡亂攻擊，絲毫不管欣文有沒有還手餘地！

「唉呀！」

兩人間迸出這麼一聲慘叫，一團黑影朝我的方向摔了下來，碰撞摔跌的重響，在可怕的沉默中，嚇得我一動也不敢動。

仍站在樓頂，蒼白面對這一切的，是我的朋友星彩。

7

分 開 來 的 故 事

一個禮拜前，肯定沒人想到星彩和我會落到這種田地：我們先是被罰坐在輔導室的板凳上，十分鐘後，我換上了訓導處的沙發，面對鄧肥的一臉正色，最糟的是，右邊坐著老媽。

　　「我真不敢相信，你會跟星彩他們那種壞學生混。」媽媽調了調語氣，才不至於咆哮到讓全訓導處的人都聽到：「你真的讓我很傷心，子仁！」

　　我緘口不語。

　　「才一年級就在校內打架，以後呢？去混幫派嗎？」面對她大聲的斥責，我只有低下頭，不做任何辯駁。

　　「王太太，子仁應該沒參與打架。」鄧肥說道，但沒完全幫我解圍：「不過子仁，你明知道危險，為什麼還要過去？為什麼不先告訴導師？」

　　「我，我不知道。」我開口，發覺喉頭意外的乾澀：「那時候很緊急，我只怕星彩……」

分開來的故事

「你管那個小太妹幹什麼！你不要管她！」媽媽再度發飆：「之前你說要跟她寫作業，我就很懷疑了！」

當媽媽的怒火熊熊燃起時，連鄧肥都沉默下來。媽媽對這一切充滿憤怒，先是怪我不爭氣，再怪星彩暴力，怪三年級的流氓行徑，最後，連老師和鄧肥都成了她攻擊的對象……

我異常地覺得羞辱，不敢看室內任何人一眼。她說得對，這一切都是我的錯，如果不是我，她不會在上班時請假到這裡……

「先坐這裡。」遠處一個聲音說。

我斜眼瞥見星彩木頭似的走入，坐在一張旋轉椅上。她顯然還沒進入辦公室前就注意到我媽了，但面對接二連三不存在的指責，她面無表情。

「組長，星彩的爸爸到了。」前來通知鄧肥的人這麼說，後者聽了微微點頭。媽媽也在此時停了下來，

抓起桌上的杯子，激烈地喝茶。

「王太太，我想您不用太過擔心。」鄧肥語調異常平和地說：「子仁他……」

之後，大人們又談了許多關於我的事，從學業、人際，到許多難堪到令人想都不敢想的話題。在那瞬間，我真正明白，自己從來不是什麼王子，而是青蛙，躺在枱上給人解剖的那種。

而這一切最後終以一句作結：「你以後不准和周星彩講話。」

談話就這麼結束了。

我和媽媽走出訓導處時，經過一臉呆滯的星彩和一位高壯的男人身邊。我只瞄了一眼，但可以肯定，這位身穿汗衫、皮膚黝黑的人，無疑便是星彩的父親。

當他遲鈍的向老媽點頭示好時，她卻看也不看的離去。

我怎麼也想不到，這竟是最後一天在校園裡與星

彩相見。

　　星彩請了長假，這是繼老媽對我說「下學期讓你轉學」後第二個令人沮喪的消息。以往就算在學校過得多不愉快，她都叫我忍耐，不要輕易轉學，難得這回能在學校裡找到一件快樂的事，她倒火速決定讓我轉學。

　　「這是為你好。」她說：「答應我，你絕對不會去跟星彩和那些三年級的混。」

　　我完全不敢辯駁，媽媽發紅的眼眶讓我只能點頭。

　　該怎麼做？

　　我躺在床上，望著桌上攤開的作業，許久，什麼也不做。

　　星彩什麼時候會回學校？明天就是她生日，可現在別說要買禮物了，連《新世界》有沒有辦法完成都不知道。作文本在星彩那，我卻見不到她——會永遠

見不到面嗎？

我們的故事，有了陸地，也有了海洋，但天空還是一片空白。唉，現在我的腦子裡也一片空白了。

「我們要去新世界，因為想找能讓人真正快樂的地方！」

Star 在故事最初的宣言還言猶在耳，如今故事只差一點便結束了，但那真正快樂的地方究竟在哪？

我閉上雙眼，任一幕幕圖像浮現……

承載 Star 和王子的彩色氣泡在藍色明亮的天空中緩升，兩人搭著它越飛越高，但一陣強風襲來，氣泡便震動不已，扭曲不安地晃盪起來。

「王子！」Star 指著氣泡中央的龜裂花紋。

王子此時也注意到了，氣泡內部很不穩定，彷彿

藏著什麼透明怪獸，受到強風驚嚇後，便慌忙地想逃出來。

「不要擔心，風馬上就停了！」王子說。

但天不從人願。

彩虹氣泡等不到風停，無聲無息的爆裂了。

更糟糕的是，一股巨風竟在此時突如其來，硬是將兩人吹散。Star 在空中呼喚一聲，便颼地飛向白雲的後側，王子則反應不及地被扯向另一頭⋯⋯

「子仁，有同學找你。」房門外的媽媽這麼說道，之後是拖鞋劈啪的磨地聲。

我從床上坐起，快速接過她從門邊遞來的電話。

「怎麼躺著呢？身體不舒服嗎？」她走進來，倚著房門站在我面前，雖然遞出話機，卻不打算離去。

「沒有啊。」我假意回道。便趕緊拿起電話回問一聲：「喂？」

「是我。」裡面傳來美玲的聲音。

喔，是美玲啊，我說，聲音恐怕有些落寞。但如果在以前，接到時會很開心吧？

我看了一眼老媽，這才想到，如果是星彩打來的，她根本不可能讓我接。

「王子，是星彩託我打來的。」美玲小聲地說：「她怕直接打去會被你媽知道。」

天啊，居然是這樣！我胸口緊張地噗通直跳，心虛地迴避起媽媽投來的關照眼神，希望她沒注意到。

「星彩好像有重要的事想對你說。」美玲輕輕說道：「她說，如果可以的話，撥電話給她，怕被家人發現，只要這麼說就可以……」

她嘀嘀嘟嘟地告訴我「暗語」，並且補了一句：「真的不方便打也沒關係，我可以告訴她。」

「不，我馬上打過去，謝謝妳。」

嗶，我按下斷話鍵。

「怎麼了？」媽媽很小心地問道：「該不會學校又發生了什麼事吧？」

「喔，沒有啦。」我調整自己的語氣說道，盡可能忽略臉上的微微發燙——天啊，這是頭一次在媽媽面前扯這麼大的謊：「只是明天臨時要考試，所以特別來通知，要我聯絡下一號同學。」

「唉呀，你們老師還真糊塗。」媽媽叫了一聲：「快去聯絡吧。」

居然成功了！

我假裝取出通訊錄撥號，一邊微微遮著，好在媽媽沒注意到我按了什麼！於是我小心地調整話機聲量，確保她聽不到。

鈴。鈴。鈴。

電話才剛空響三聲，就讓我急得想再撥一次。快來啊，星彩，我在心中吶喊，快點接啊！我不動聲色的祈禱著⋯⋯

「喂?」終於!星彩熟悉的聲音出現了:「找誰?」

聽到回話的一剎那,我高興到差點把暗號給忘了。

「我……我是來通知你。」我吞了吞口水:「明天國文科考默寫,第……第十課,老師打括號的地方,你……請你通知下一號的同學。」

星彩的聲音停頓了。

媽媽往我飄送的眼神,顯得有些過熱。

「喔!嗨,王子,你沒事吧?」星彩換回開朗的語氣:「老媽有沒有打你屁股啊?」

「嗯,沒有。」我說,臉上的火紅更熱了。

「那就好。因為我被海K了一頓呢,哈!老爸就不讓我上學啦!」星彩大笑起來,還是這麼的朝氣蓬勃:「欸,王子,作文本還在我這裡耶。明天下課以後你記得到後門,我會偷溜出去還你。」

「嗯,嗯。」我不敢說多餘的話,只能連聲答應。

「一定要來喔，四點半，我只能待一下。」她說，忽然有些抱怨的語氣：「唉，要不是明天有事，真希望多留一會把故事完成。」

　　「嗯。」我說，或許我講了太久，老媽開始帶有些懷疑的表情。

　　「就這樣，明天見。」

　　「好，明天見，拜拜。」

　　我掛掉電話時，手幾乎要顫抖了。儘管聽起來沒怎麼樣，其實那件事帶給星彩很大的麻煩吧！不，或許該樂觀點，她還是這麼有精神，一定能好轉的⋯⋯

　　「通知完了？」媽媽提高聲調問。

　　「嗯，通知到了。」我說，裝作若無其事的把話機還給她。

　　反正明天就能見面了！

「喂！有人在嗎？」

王子對四周白茫茫的雲氣大喊。

但在這藍與白的世界中，

除了風聲以外一切都消失了。

連腳底縹緲飛過的灰雁，

看來也是既遠，又不真實。

忽然，

有個身影在雲頂出現，

似乎朝底下的王子一望，而後又再度消失。

「Star！是妳嗎？是我啦！王子，是我！」

王子大喊，追了過去。

他知道，現在的自己只關心一個人。

週四的天空飄著綿綿細雨，一整天，都是如此。

　　那天我在學校唯一期待的活動就是「放學」。一踏入校門，我頭腦中的倒數計時便自動啟動，每分每秒占據我的心頭。我覺得什麼都不重要了，至少沒比與星彩見面更為重要。就連突如其來的數學抽考、掃除時踩翻了一桶水，甚至美玲特別過來聊天，都無法引起我心裡的激盪。

　　終於，撐過了八個小時，四點十分，這令人期盼的一刻終於到來。鐘聲還沒打完，我便一溜煙地衝到後門，開始左顧右盼。

　　放學人潮不斷湧出，活像紛紛亂亂的魚群，令人心急。我呆站在那，每隔幾秒便看向手錶，淋著一陣小雨後才想到要撐傘。

　　怎麼沒看到星彩呢？

　　好吧，三十分還沒到，是我提前過來，可她也未免太準時了，為什麼不早點到呢？

雨越下越大，震得傘面叮叮咚咚響，震得傘下徘徊不安。隨著時間一分一秒過去，四周學生漸漸散了，只剩少數幾個站在遠邊屋簷下等，門口只有我來回徘徊，朝外頭迷濛的道路張望。

難道她忘了嗎……

「這邊啦！笨王子！」

星彩！

我猛一回頭，撞見一臉嘻笑的星彩。她身穿紅色雨衣，戴著不合身的安全帽站在面前。

「你幹嘛一直往那頭看？找女朋友啊？」

被她這一問，我反而有點不知該怎麼回答：「沒，我以為妳會從那邊來呢！」

「騎摩托車這邊才順路嘛！」她說完朝身後比了比，我這才發現她不是一個人。

那裡站著一個披著雨衣的高壯身影，儘管被全罩式安全帽遮去大半的臉，但仍能一眼認出他是大寬學

長！

「啊，是我拜託他的啦，因為騎車比較方便嘛。」她看著我震驚的臉小聲提醒：「喂，別擺出這麼誇張的表情，萬一被其他人發現就糟了。」

「學長他怎麼會騎車！」

「本來就會啊，只是沒駕照而已。」她說完，帶了些犯罪的趣味笑了笑。

「那妳為什麼……」

「我要去打工啦。」星彩打斷我的話，彷彿早猜到我的問題：「欠欣文一大筆醫藥費，總不能叫老爸付吧？」

她接下來的話語帶著興奮：「好在，上次和學長去唱歌時，那家 KTV 正好有徵人！我要去那邊試試機會！嗳，說不定以後你來找我唱歌可以打折唷！」

星彩樂觀的笑容，讓我實在說不出任何掃興的話。是了，我隱約覺得有些不妥，但那些灰暗的想法和她

分開來的故事

臉上的光芒比起來簡直微不足道。

　　於是我只有點點頭同意。

　　「我要在五點前趕到。」她說，打開雨衣，從側背包取出一包紅白塑膠袋包裝的本子：「作文本你先保管。我們之後約時間吧！」

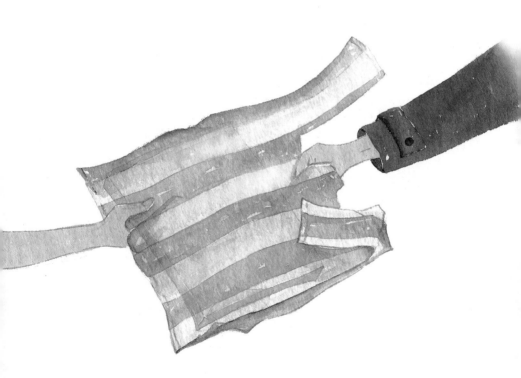

「等等，約什麼時候？」

「再說啦！」

她開心地向我道別，拉上雨衣，朝大寬學長的摩托車那頭跑去。忽然，我想到今天是她生日，卻沒來得及送禮物，連忙大喊：「星彩，生日快樂！」

她停下腳步看了看我，好像說了聲謝謝，又好像沒有。隨後，便敏捷的跳回摩托車上。

摩托車燈熊熊亮起，在雨天中發出強烈的光芒。器械隆隆低響燃起，他們於是朝學校的另一頭背道而馳。忽然地，那種不安感再度湧起。沒等我說出口，兩人早消失在朦朧的雨幕之中。

鈴聲，不安的鈴聲。

「喂……喔，老師你好。對，
我是。」

沉默，與更久的沉默。

門被意外打開，媽媽露出慘白
的臉。

她從沒在我面前如此猶豫、掙
扎過。

一個細微的聲音說：「子仁，你們班的星彩……」

在更高的天邊，紅衣騎士星彩在摩托車上，向更高空翱翔。

「衝啊！飛高點！」她曾向世界大喊：「快，飛高，飛向最高處吧！」

他在風雨中瞇起了眼，那瞬間，他忽然相信，要是就這麼勇往直前地一路衝上去，就永遠不會掉下來，他們將會去另一個神奇國度，那真正快樂的地方……

分開來的故事

8

天空之子

王子發現那裡沒有人，只有一道門。

他推開門走了進去，門再也沒有開啟。《新世界》以外的黑白大廳就在那兒，守門人沉重地向他走近。

「故事結束。」白色巨人向他伸出蒼白的手：「很抱歉。」

王子茫然的站著，沒有答話。他不自覺的望向背後，希望 Star 會從那裡出現，但門卻消失了。

Star 再也不會出現了。

這世界沒有 Star 這個人了。

沒有星彩這個人了。

真奇怪，明明她剛剛還在的，我們不是講了話嗎？怎麼可能忽然間就沒有了？我們以後還有約呢。

這是假的吧。是媽媽說謊吧。她一定是不想讓我和星彩靠近，所以演戲來騙我。

但當我問起時，她為什麼只是搖頭？為什麼要看

著我哭？

　　「謝謝你們創造了這個世界。」守門人溫和的對王子說：「謝謝你們所做的一切，也請你別太悲傷，讓《新世界》繼續存在……」

　　「不！」王子大吼，帶著不甘的莫名怒意：「這個世界還沒完成！她答應要和我一起完成的！《新世界》不能就這樣結束掉！」

　　王子氣憤的踩腳、踢地，無法控制自己，他捶打黑白的牆壁，直到雙手發麻。他不知道為什麼生氣，為什麼雙眼模糊。

　　守門人在原地動也不動，只是用那雙巨大而明亮的眼，無聲的看著王子。

　　就這樣什麼都完了，好可怕。這個突如其來的想法，讓王子由氣憤轉為恐懼。

　　「不可能改變了嗎？」

守門人無聲的點頭。

「Star 沒有辦法回來了嗎？」

守門人又點點頭。

「不可能，這是不可能的。」王子知道自己只是無理取鬧，但他此時更怕安靜。

安靜就好像連自己都肯定 Star 已經不在了。

黑白大廳為這個想法震盪起來，發出玻璃般碎裂的聲響。黑白花紋的扭動、崩潰，在眼花撩亂中瓦解，上百張畫像從牆上被蠻力抖落，王子則呆站原地看著一切緩慢消解。直到啪啦一聲，他察覺正後方有幅巨畫掉落，就在原本門的位置。

回頭，與他眼神交會的，正是黑白畫中笑容滿面的 Star。

今天是星彩的生日。

我沒有買生日禮物，我應該買的，但卻沒有。

我甚至沒阻止她上大寬學長的車。

媽媽在敲門。

我知道自己不該反鎖房門，她擔心我，但我更不想看她擔心的眼神。只要不看到那雙眼神，星彩不在的消息就變得不那麼真。

我不想談論，不想撥電話給任何人。只要不聽到別人說起相同的事，星彩似乎就沒事，一如以往。

在學校，帶著笑容，有活力的道早。

「明明是生日啊。」

我聽到自己彷彿這麼說。

沒有別的辦法，這裡就要崩毀了。

王子小心地拾起 Star 的黑白畫，在畫中，她穿著華貴一如國王，黑色皇冠、白色長袍、美麗的衣裳……

「不，還有一個辦法。」守門人忽然低聲說道：「既然她不在這，你就得去找她。」

什麼？王子疑惑的望著對方。

一道新的白色窄門在崩潰的碎片中出現，門縫後發出虛弱的亮光。

守門人指向那扇門：路就在那，最後的路。

王子點點頭。

我解開塑膠封袋，攤開那本作文本。

「去吧，完成它。」

王子打開了那扇門，面對背後蒼白的光亮一片。
但他這次毫不猶豫，縱身跳落，朝那白色虛空飛翔。

「Star ！」我大聲呼喚。

「星彩！」

但白茫茫的雲海間，只有高聳如山的雲群，和那
平坦如海的雲面，風吹過，寂靜以外，沒有任何回應。

她真的在這裡嗎？

「我的名字叫 Star 啦！」一個聲音忽然出現在背
後：「笨王子！」

我猛然轉身，她就在那，一身雪白，華麗亮眼的
白衣騎士 Star。

「欸，幹嘛一看到我就哭哭啼啼的？」她笑著問。

我答不上來，因為哭得實在厲害。我的眼鏡幾次幾乎要滑落下來，哭到上氣不接下氣。過了不知多久，才努力壓制住未即時湧出的淚水。

　　「我……我以為再也看不到妳了。」

　　她沒有如以往的大笑，而是柔和的、甜美的微笑。

　　「真是的，先別說那些啦。」她張望四方：「我還想要生日禮物呢！」

　　我知道。

　　她真正想要的不是那些用錢買得到的東西，而是真正快樂的地方。

　　但那會是哪？

　　不是登上頂峰，用知識一決勝負的硬皮書塔；也不是缺乏自由，無處不被規定限制的海底王國；那麼，真正快樂的地方該是什麼樣子？

　　Star 看向我，那心意從她真切的眼波中流轉過來。

　　於是我明白了。

「不覺得這裡太空曠了嗎？」她咧著嘴笑道。

「不，我還要讓它更空曠一點！」

我右手向上一撥，令雲群急速分開。大批雲塊朝兩旁退散，露出中央廣大、粉藍的晴空，上頭繁星點點，正如 Star 指尖上美麗的光彩。

「還不錯嘛！」她拍了拍手。

「還沒完呢！」

我向下比了個招引的手勢。

「下面有什麼？」

「妳看了就知道。」

她露出期待的表情。

厚厚的雲層下冒出大大小小前呼後應的聲音。由地上延伸向天上，驚喜、雀躍、笑鬧列隊而來。「快點來！快到這裡！」我對他們喊道，那些踩著雲階撥雲出現的面孔於是帶著欣喜出現。

他們是硬皮書城裡的村民，陳老師、阿衛、志

中……還有好多我們共同認識的同學！三班的人全數到齊，走在前頭的正是美玲，她紅著臉，端著一個漂亮的粉紅生日蛋糕。

「謝謝妳的幫忙，Star。」

「小事一件！」Star大笑，迫不及待的用手指刮了一塊草莓奶油，放到口裡淺嘗：「也多謝妳的禮物。」

此時，頭頂的陣陣喧嘩也魚貫而出。

「哈，看來有客人迷路了！」Star指著頂上的漂亮星空。

話才剛說完，各式各樣的魚、蝦、蟹、貝便像下雨似地落了下來。在眾人的驚呼聲中，一個巨大的身影氣勢十足地從星空縱身躍下，邁步向前。

「鄧肥……不，鄧組長！」Star有點不安的看向回復人形的鄧肥，後者則擺出在訓導處慣用的一號表情，瞪大雙眼，橫著臉，不帶任何笑容。四周人群被他的氣勢震懾，沒一個敢亂出聲。

「周星彩。」他用一貫的「叮嚀」口氣嚴厲說道：「我不是說過，現在要好好做學生，以後才有前途嗎？」

「可是……我只是……」Star 不安的想找解釋。

這時鄧肥卻意外的笑了，笑得合不攏嘴：「好啦，開開玩笑而已！今天妳可是壽星呢！」

Star 也如釋重負的笑了。

「大家敬壽星一杯海水吧！」鄧肥大聲宣告。星空便真的落下點點雨水，混合著海洋的微微鹹味。人們在雨中點起蠟燭，蛋糕上飄盪著火紅的字樣。所有參與者拍手祝賀，海族們則在空中翻滾跳躍，眾聲合唱的「生日快樂」，響徹雲霄。

「好熱鬧啊！」星彩開懷大笑：「好久沒過過這麼熱鬧的生日派對了！」

「不只是熱鬧而已。」我說：「Star，之前妳說想找能讓自己真正快樂的地方。」

「是啊。」

「但其實妳一直都在那裡吧。」

我說,她的笑容停頓一下,然後笑得更開懷了。

「嗯?那可不一定喔。」

彷彿呼應這句回答,大家的掌聲開始變為一波波的音浪,順著那喝彩,我們同時仰頭看到了。

在正中央的天頂遠方,有兩個人,一個是我認識的星彩爸爸,另一個是身材微胖的和藹女人。他們朝著這頭招手,Star 驚訝的看著,目不轉睛。

「我應該去那。」她說,視線無法從女人的身上轉移:「啊,好久,我好久沒看到她了。」

我也試著仰望,但眼前再度的模糊,卻令人看不清楚。

一個高壯的身影走來,那是大寬學長。他不發一語的面對 Star,將一雙新製成的白色翅膀送給了她。在那雙凝視的眼神中,我聽到小聲的道謝,和道歉。

迫不及待裝上翅膀的 Star 試著踩踏雲底，而後，便十分輕盈地飛了起來。她飛了起來，從雲的世界向星空前進，姿態是這麼的自由逍遙，如同生來就會飛行。「來吧！」她對全世界的人們說道。

「一起來吧！」

於是全世界都跟隨她一起飛翔，向星的世界，與更遠的那端高升、飛翔。有些鼓動手臂、有些旋轉身體、有些彈跳，還有些噴出白煙……

但不包含我，我的身體似乎太沉重了，無論用什麼方法，就是無法跟上。

我看向已經到高處的 Star，她的白色羽翼正要張開，像獨一無二的皇袍，將這個世界的主人襯托得極為美麗……所有事物都在上升，雲在上升，風也是的，除了我。

我的小小領地太過笨重，怎麼也無法追上……轉眼間，全世界就只剩遠方的那點光點，如晨星一般的

光點。

　　「再見了，Star。」我於是只能仰望：「再見了，
星彩。」

　　剩餘的全都往無聲無人的白色世界裡沉了下去。

9

不孤單的飛行

「以上，就是我們第五組的共同寫作。」我站上台報告。這恐怕是我第一次，能站在這麼多人面前卻毫無緊張：「第五組王子仁、周星彩，報告結束。」

台底下沒有任何聲音，同學們低下頭去，連陳老師也不發一語。

「很好的故事。」過了許久，她說：「真的很好，星彩會很高興的。」

我鞠了躬便立刻下台，不敢直視任何一人。

星彩就這樣消失了。

起初我們在整潔打掃、發考卷、交作業時，還偶爾會經過那張空桌子，裡面的雜物總讓我們認為她其實還在。但在某天下午，星彩爸爸一口氣帶走那些之後，便真的什麼也不剩了。

那天，星彩爸爸沒有穿上回的泛黃汗衫，而是發皺的休閒服。「至少讓我帶回去留念。」他說，落寞

的身影看起來忽然老了很多。

他還會再來，老師說，但下次再來就是讓星彩徹底離校了。

她成為最早脫離我們的人。

至於我的媽媽，值得慶幸的，再也沒提起那些事。她總是刻意不去詢問後續，但當我主動提起時，卻總是流露出心疼、關愛的眼神。

要是現在再一次介紹星彩讓她認識，先前的誤會還會發生嗎？

時光不能倒退。

幾天後，正常生活的步調又逐漸恢復，只是男生們仍偶爾會群聚偷打《魔彈射手》，但女生們卻再也不玩跳繩遊戲了。從她們零零星星討論的校園八卦，我聽到大寬學長出院的消息，和他與欣文分手的事。

知道欣文的下場星彩會怎麼想，我是不太清楚，但如果她知道學長沒有大礙，肯定會很高興的。只是，

無論是哪個人，我們此後都沒再碰過一次。

也許是鄧肥管得嚴謹，也許是學長真如傳聞中性情大變。無論如何，我們生活中還是有許多事一點也沒改變：一樣的考試、一樣的功課、一樣的煩惱想著未來想做什麼或不想做什麼。

但某些事物也有了些許不同。

我下課後不再看書，而是摺紙鶴——不擅手工藝的我，摺出來的紙鶴不怎麼好看，不是歪，就是醜。

只要能給她一對翅膀，一對展翅高飛的翅膀，這樣就足夠了。

「這是要給星彩的吧。」美玲居然向我走了過來：「我可以一起摺嗎？」

「我不太會摺紙鶴，不好意思……」阿衛某日也忽然問道：「但有什麼是我能幫忙的？」

不孤單的飛行

「我自己也摺了一些。」志中一把從口袋中抓出十來隻：「要不要再找人來一起做？」

　　這是我頭一次面對這麼多關心。這麼多不是基於同情，或無可奈何的強求，而是真正想幫助某人的感覺。

　　「好啊。」我說：「我們應該會需要很多翅膀，各式各樣的翅膀，讓星彩飛得更高更遠……」

　　一整週，我們都在和諧的談天、笑語中度過。

　　我們全班的心都聯合起來，只為一件事，只為一個人……

那一天，所有翅膀都完成了。

那是非常亮麗的粉藍色晴天，我們帶著不同翅膀，站在教室窗台，面對操場的那一側。

那一天，也是星彩正式離校的日子。她，真的要走了。

我們一起答數，數到三。
將手上的翅膀拋向藍天。

不孤單的飛行

紅色蝴蝶、藍色飛機、紫色鸚鵡、青色紙鶴，全都用自己的姿態凌空飛舞。成千上百的翅膀，在飄盪的風中翩翩落下，全大宇都發出了驚呼、讚嘆。

　　掌聲在操場四面響起，星彩的爸爸、鄧肥、陳老師都看到了，他們看向滿天翅膀。

　　在那，還有個看不到的女孩，也對我們揮著手。她臉上有熟悉的開朗笑容。

「再見了，Star ！」

我們齊聲揮手回應。

「再見了，星彩！」

她閉上眼，
乘著所有的翅膀，
向上飛翔。

THE END

九歌少兒書房 217

她的名字叫 Star

著者	許芳慈
繪者	劉彤渲
責任編輯	鍾欣純
發行人	蔡文甫
出版發行	九歌出版社有限公司
	臺北市105八德路3段12巷57弄40號
	電話／25776564　傳真／25789205
	郵政劃撥／0112295-1
九歌文學網	www.chiuko.com.tw
印刷	晨捷印製股份有限公司
法律顧問	龍躍天律師・蕭雄淋律師・董安丹律師
初版	2012（民國101）年8月
初版 2 印	2013（民國102）年9月
定價	**260元**

書號	0170212
ISBN	978-957-444-751-0

（缺頁、破損或裝訂錯誤，請寄回本公司更換）

國家圖書館出版品預行編目(CIP)資料

她的名字叫Star / 許芳慈著 ; 劉彤渲圖. -- 初版.
-- 臺北市 : 九歌, 民101.08
面 ;　公分. -- (九歌少兒書房 ; 217)
ISBN 978-957-444-751-0(平裝)

859.6　　　　　　　　　　　101012368